北海道でがんとともに生きる

大島寿美子 編

寿郎社

はじめに

2人に1人ががんになり、3人に1人ががんで亡くなる時代。がんはけっして珍しい病気ではありません。近年、国(厚労省)は、がんの死亡率低下や、患者・家族の苦痛の軽減と療養生活の質の維持向上、がんになっても安心して暮らせる社会の実現を目標に掲げています。これを受けて地方自治体は、がんに関する幅広い政策を推進しています。たとえば北海道では、2012年に「がん対策推進条例」ができ、市町村や保健医療福祉の関係者、教育関係者、患者団体などが連携してがん対策を進めています。

しかし一方で、がん患者・体験者に対する偏見や誤解は根強くあり、がんであることを周りの人々に伝えられないまま仕事や生活を続ける人も少なくありません。がん患者・体験者が自身のがんを公表することには大きな勇気が伴うのです。それでも勇気を持って自らのがん体験を公表する人が少しずつ増えてきていることが、がんという病やがん患者に対する誤ったイメージを変え、患者家族の不安を和らげることにもつながってきています。

本書はそうした患者自身が書いたがん体験記をまとめたものです。北海道でがんを体験した20～70代の28人の文章を収録し、巻末には執筆者4人が出版への思いなどを語り合った座談会を付して、現在がんと闘病中の方やその家族、また、がんの体験者であり経過を観察されている方、さらに、がんではないが「がん検診」を受けようと考えている方、将来のがんが心配な方に向けて編まれました。どのページ、どの体験記から読んでいただいてもけっこうです。大腸がんや乳がんなど患者数の多いがんの体験記も、肉腫や悪性胸膜中皮腫など患者数の少ない「希少がん」と呼ばれるがんの体験記も載っています。また執筆者は高齢者ばかりではありません。20代の執筆者の中には10代の時にがんとなった2人の若者の体験記も含まれています。

そして28人の執筆者の名前はすべて実名で、「告知のショック」や「治療のつらさ」「手術への不安」「副作用の苦しみ」「前向きに生きる秘訣」などを、偽りのない自分自身の言葉で書いています。体験記の舞台はほとんどが北海道の病院ですが、北海道で生活している人のみならず、全国でがんと向き合う多くの人々――がん患者と接する医療関係者、さらには、生きることについて関心や悩みを持つすべての人々――に役立つ内容だと自負しています。本書がより多くの方々に読まれ、がんについての理解を深めていただけることを願っています。

２０１７年春　編者

目次

装画　イマイカツミ

I　がんと言われて

幸せになるための私の選択

安住英子
卵巣がん
一九七九年生まれ
（札幌）

「ボンジョルノ！」。2015年5月から半年ほど、私はイタリア・ミラノで開催された国際イベントの仕事をしていました。世界各地からの来場者を、おもてなしの精神と笑顔でお迎えする日々。それまで東京でイベントや商談展などの運営に数年携わっていた私のキャリアに発展をもたらす仕事であり、何より、学生時代に声楽を学んでいた私にとって、憧れのオペラの都ミラノで暮らせることは、人生の大きな転換点といっても過言ではありませんでした。

その年の11月下旬、日本に帰国して間もなく、下腹部につるような違和感や張り、鋭いもので刺されるような痛みを感じました。痛みは半月以上続き、ミラノでも断続的に似たような症状があったのを思い出しました。実を言えばその前の3年くらい、前触れもなくズキンと度々痛くなり、気にはなっていたのです。私は仕事の切れ目で時間があるこの機会にと、早めの冬休みのつもりで東京から札幌へ帰省し、まずは消化器内科で胃腸の内視鏡検査を受けました。でも医師は「問題なし」と言います。念のため婦人科にも行っておこう——。そこでようやく、私は〝人生の本当の転換点〟を知ることになるのです——。

*

婦人科を受診したのは12月25日、クリスマスの日でした。右の卵巣が16センチほどに腫れており、「悪いものである可能性が高い」との医師の言葉。私の目はCT画像を見つめながらも、放射線医の所見欄に「右卵巣がんの疑い」という文字があるのをあっさり見つけてしまいました。「あぁ、そういうことか」と妙に納得し、異国の地で卵巣が破裂しなくて本当に良かった、ハードな立ち仕事によく体が耐えてくれたと、安堵《あんど》が先に立っていました。

年が明けるのを待って、セカンドオピニオンのためにがん専門病院を受診しました。標準治療では、悪性腫瘍のある卵巣のみならず子宮や対側卵巣などを全摘出する根治手術が推奨され、「妊孕性《にんようせい》」（妊娠する機能）が温存可能なのはごく初期のがんに限られるとのこと。この時私は36歳、すでに妙齢をはみ出したシングルでも、出産はあっさり諦められるものではありません。

右の卵巣を摘出し組織を診断するのが先決とのお話を受け、のちに迫る大きな決断を見据えながら治療方針を決めることになりました。

＊

私は大学進学を機に生まれ故郷の旭川を離れて以来、気が付けば人生の半分を東京で過ごしていましたが、東京で長い時間、満員電車に揺られて治療に通わなければならないと想像しただけで抵抗を覚えました。友達や仲間としばらく会えないのは寂しいですが、札幌ならば、治療が大変な時に母や姉の助けを借りることができます。ゆったり過ごしながらがんになった自分自身を振り返るためにも、治療拠点を札幌に決めました。

1月25日、私はがん専門病院で右卵巣摘出手術を受けました。これまで大きな病気をしたことがなかった私には、病衣を着た患者姿の自分は滑稽でどこか他人事のよう。麻酔が覚めるや否や、面会に来た姉にピース写真を撮ってもらう始末です。でも、夜明けまでとてつもなく長い時間が過ぎていきます。お腹の傷の痛みと、やり場のない足の重さ、そばに窓のない回復室の薄暗い空間。持ち込んだｉＰｏｄで、モーツァルトから百恵ちゃんまで片っ端から音楽を流し続けて乗り切りました。

術後数日は、食事をしたり体を動かしたりするたびに体が熱くなるのを感じました。米粒の舌触りや味噌汁の染み入るような味には涙さえ出て、待ちに待った便通には喜びのあまりガッツポーズも飛び出しました。自分の生命力を肌で感じた私は、このまま退院して治療は終わるに違いないと信じようとしていました。

＊

ところが術後1週間の2月1日、主治医からの組織診の報告で、右卵巣の腫瘍はやはりがんであったと知りました。「癒着がひどかったため暫定ステージはⅠc」、「組織型は明細胞腺がん、数種ある卵巣がんの組織型の中では難しいタイプ」、さらに「明細胞腺がんⅠc期は妊孕性温存が推奨されない。妊孕性に対する気持ちはどうか」、「明細胞腺がんは抗がん剤奏効率が高くないものの抗がん剤治療は必須。根治手術とどちらを先に行うか決める必要がある」と言葉が続き、血の気が引くのを覚えました。

シングルの時期にがんが発覚したばかりに、再発のリスクを冒して妊孕性を温存することと、いい人と出会って出産に至る可能性を天秤にかけるのは、私にとって皮肉な話でした。ただでさえ婦人科にかかったことで、ずっと自分の女性性と直面していたのです。恋愛下手で出産はおろか結婚にも至らなかった自分、声楽や仕事での成功を第一に厳しい生き方をしていた自分——そんな回顧をよそに、度々内診台に乗ったり、術前におすそを剃ったりと、当然の医療行為までもが女性である自分を再認識させる出来事に思えました。

でも、婦人科病棟の明るくカラッとした雰囲気に心は少しずつ軽くなり、他の患者さんや看護師さんなどに勇気づけられたことや、母や姉、主治医が私の生き方のために多くの話し合いをしてくれたことがありがたく、深い癒しとなっていきました。がんという病気によって、本気で女性としての生き方や幸せを考える機会が与えられた、私はがんになるべくしてなった、と思ったのです。一方で、根治手術を受け入れる覚悟が固まりつつも、まだ何かが引っかかっていました。母や姉も、本当に根治手術を受けてしまって良いのかと考えあぐねていました。

＊

私は根治手術を前提に、抗がん剤治療3クールを先に受けることに決めました。開始早々薬のアレルギー発作が出てしまい、急きょ主治医と話し合いの上、別の抗がん剤に変更しました。最も恐れていた副作用の吐き気は、初めこそ吐き気止めの薬で抑えられていたものの、回を重ねるごとにつらくなり、最終3クール目の4月下旬には栄養剤を点滴せざるを得なくなりました。液体の入った管がつながれる嫌悪感を抱きながら、気持ちが落ち込み、なぜか過去の失敗を次々と思い出して自責の念に駆られる日々が続きました。ベッドから見える青空にイタリアの思い出が重なり、自分の命と気力は薄皮一枚でつながっているようでした。

抗がん剤治療終了後の5月中旬、根治手術の最終決断を前に一時上京し、2つの病院にサードオピニオンに向かいました。そこでも、私にとって根治手術は適切な選択であることに変わりはありませんでした。加えて卵子凍結などの生殖医療は高リスクで非現実的という事実を再確認し、母ともども納得したのです。自宅アパートの整理の傍ら37歳の誕生日を迎え、時々母とケンカしつつも楽しく街を散策したり、ちょっとリッチな食事に出かけたりして、思いがけず小旅行気分を味わいました。

札幌に戻り、根治手術を6月13日に控えて入院した私は、いかにこの手術を前向きに乗り切り今後の人生に意味を見出すか、考えを巡らしていました。看護師さんや子宮がん体験者のカウンセラーさんと話すことで次第に不安は解消されていき、リンパ浮腫など術後後遺症のケアにもやる気を見出せるようになっていきます――自分を〝産めない女性〟と卑下する必要はない、最善の選択をした誇りを持って堂々と生きていこう――。もう心に引っかかるものはありませんでした。

手術前夜の消灯後、私はお腹に手を当てながら、これまで私の無茶な生き方に耐えてくれた子宮や左卵巣、大網、リンパ節、虫垂に向かってお礼とお別れを言いました。そして、ここまでの出会いと恵まれた治療に感謝し、これからの人生は体を大切にして過ごそうと体に約束しました。まるで返事のように、内臓がはっきり手の中にあるような感覚がしたのを今でも覚えています。

＊

翌朝9時に手術室に入る時、緊張で手が氷のように冷たくなっていました。でも約6時間後に集中治療室（ICU）で目を覚ました時には、すっきりした気分で、新しい体で生きていく決意が芽生えていました。ところが術後の回復は最初の手術より複雑で、嘔吐《おうと》したり、1日に13回排便に立ったり、リンパ液が3リットルお腹にたまったりと、不安と戸惑いの連続。思いどおりにならない体に気持ちは焦り、つらくて泣いたこともありましたが、ある時、ふと思い至ったのです——体は私を苦しませようとしているのではなく、一生懸命働いてくれている、だからどんな時でも体に感謝しよう——。

術後2週間、予想とは裏腹に根治手術の組織診でリンパ節からがん細胞が見つかり、追加抗がん剤治療をするかどうかの選択を迫られました。初めは憤り以外の言葉が思いつきませんでした。次第に、根治手術を受けて摘出に至ったことが結果的に正しかったと痛感します。こうなったら自分の運と生命力を心の底から信じるしかないと心にスイッチが入り、大好きな黄色い手帳にこれからやりたいことや将来の予定を色とりどりに書き込んでは、元気を取り戻していました。

この頃の私をいっそう励ましたのは、母や姉が、私が治ると信じて前向きでいる様子でした。20年前に父を食道がんで亡くした時、私は〝がん〟という言葉の響きを恐れるばかりで目を背けていたのに、母や姉は私の〝がん〟に向き合ってくれました。〝がん〟は時を経て私に家族のありがたさを教えてくれたのです。そして、父がどんな気持ちで治療に臨んでいたか、ほんの少し知ることができた気がして、長年の私の心の葛藤も軽くなるようでした。

＊

根治手術から半年となる２０１６年12月現在、追加の抗がん剤治療３クールはすでに終了し、再発予防の分子標的薬治療を数回残すのみとなりました。私の体にがん細胞の兆候は見られず、事実上の寛解を得ています。

この数カ月は、メンタルケアやボディワークに取り組みながら、日々の心地良い暮らしを模索していいます。時々立ち止まり、体と交わした約束――体を大切にして過ごそう――を思い出して。

次なる目標は社会復帰。がん体験を糧とし、私らしい生き方を見つけたいものです。そして、これから私の人生がどんな展開を見せてくれるか、楽しみです。

それでも私は前を向いていく

門口貴美
子宮平滑筋肉腫
一九六七年生まれ（札幌）

それは2013年3月、45歳の時のことだった。苫小牧で土木設計の仕事をしていた私は、その年も年度末の業務処理に追われていた。既に体力も気力も限界を超えていたが、「あと1週間頑張れば」。そう思い頑張っていた。

ただ、いつもと違っていたのは左下腹部の痛み。最初はじんわりと時々、日を追うにつれ痛みが強く長くなり眠れなくなっていく。

もともと7～8センチ大の子宮筋腫があり、総合病院の婦人科で定期的に経過観察を受けていたが、「筋腫自体は痛みが出るものではない」と聞いていたので、「何だろう？　膀胱炎かな？」と思っていた。

そして、痛みのある部分が熱っぽくなり、痛くて全く眠れなくなる。「もう限界だ……」。近くの泌尿器科クリニックを受診したところ、早急に婦人科を受診することを勧められた。

総合病院の婦人科を受診した。検査結果で、筋腫の変性が疑われた。直接患部の状態を確認することができる開腹による手術を受けることになった。

術後は、数日で傷の痛みも和らぎ歩くことができた。

「これで不安と激しい痛みから解放された！　あとは回復のみだ！」。そんなうれしさと楽しい気持ちで9日間の入院生活を送った。

＊

退院から1週間後、術後の初診察。

術後の経過はOK！（バンザイ！）

そして次は病理検査の結果だ。

医師「筋腫ではなく肉腫でした」

私「あ～、はい……」（「筋」でなくて「肉」なんだぁ……）

医師「患部はきれいに摘出しましたが、再発する可能性があるので検査を受けていただきます。検査結果は家族の方と一緒に聞きに来てください」

私「えっ？　全部摘出したのにどうして再発するんですか？」

ここでようやく「これっきり」ではない病気だということが分かった。

診察を終え、いつも対応してくれている看護師さんが「せっかくこれから良くなるって思ったのにね……」と悲しそうに言った。

「そんなに重いことなのかな？」

それでもまだ、私は筋腫の炎症程度としか思っておらず、それ以外の知識もなかったので「筋腫」と「肉腫」との違いが理解できていなかった。

その後、病院のレストランでブランチを取りながらスマホで調べた。涙が止まらなくなった。トイレに行き、声を押し殺しながら泣いた。

医師から告げられた「子宮平滑筋肉腫」という病気は、再発率も高く、再発予防に効果のある抗がん剤も放射線治療も見つかっていないという。

「どうしよう……」「何で私が？」「この先どうすればよいの？」

そんな気持ちを落ち着かせてから外に出ると雨だった。桜が遅い苫小牧は、冷たい風に桜の花びらが舞い散っていた。〝私は葉をつけることなくこんな風に散っていくのかな……〟。自分の心と重なった。

6月、PET検査では「他への転移は見られない」ということで、3カ月ごとの経過観察となり、仕事にも復帰した。

しかし私の心は、体の回復と草木が成長し花が咲く季節への移り変わりと反比例するようにどんどん沈んでいった。

＊

その頃の私は、事情があって家族とは疎遠になっていたため、入院・手術・検査結果には静岡から叔母たちが来て立ち会ってくれた。

叔母たちもまた、「肉腫」「検査結果を聞く」、ということをあまり重く受け止めていなかった。最初は詳細を伝えるか悩んだが、隠してもいつかは知られると思い、正直に伝えた。自分より長く生きている人たちに言うのはつらく苦しい決断だった。案の定、「なんで自分たちより若いお前が……」と電話口で動揺し、号泣していた。

妹も話を聞き、泣きながら家に来た。子育てでいっぱいいっぱいのところにこんなことを知らせたくなかったけれど、もしずっと黙っていたら、私が死んだあと妹は自分を責め、苦しみ続けたのかもしれないと思うと〝これでよかったんだ〟と思った。

ごく親しい友人たちにも伝えた。みんな、「なんと言ってよいのか……」と言葉を失い、泣いてくれた。「でもね、もう悲観してないよ。むしろやりたいことが次々に浮かんできて忙しいよ（笑）」と言ったら、「門口さんらしいね」と安心し、笑ってくれた。

＊

9月の定期検診で体の回復と沈んでゆく心とのギャップにどうしたらよいのか分からなくなり、医師に相談した。

「ネガティブになることが一番良くないよ！」と医師。「今まで以上にいろんなことにチャレンジしていろんな人に会っておこう！」と決めた。

手術から5カ月後の10月には大嫌いだったマラソン大会に初挑戦、翌11月には仕事関係の資格を取得した。さらに測量講師としてモンゴルの高専に行き、帰国後は資格取得に伴いさらなるキャリアアップのために転職・転居して、医師を驚かせた。

＊

転居後は札幌の病院に通った。順調な経過のまま2年半が経った。これまで通り定期検査では問題がなかったため、「このままクリアできそうだ！」と思った。しかし、2015年11月、また左下腹部にじんわりと、ごくごくたまに痛みを感じるようになった。「便秘気味だからかなぁ」なんて思っていた。この時期は1年で最も忙しい時期の始まりでもあったので悪いほうには考えたくなかった。

年が明けた2016年1月4日、会社のトイレに行った時のことだった。突然、左下腹部に腸がねじれたかのような激しい痛みを感じ、息もできず動くことができなくなった。幸い、10分程度で収まった。3日後に定期検査の予定が入っていたので、「忘れずに先生に言おう」と思った。

1月7日、定期検査で症状を告げたとたん、医師の表情が曇ったような気がした。エコー検査で、左卵巣に5センチくらいの腫瘤《しゅりゅう》があり、早急に手術したほうがよいと告げられた。

2月8日の開腹手術では今後のことも考えて異常がない右側の卵巣も取った。

退院から3日後の2月18日、病理検査の結果を聞いた。結果は「転移」。他の部位への転移は認められなかったが、再発予防のため、抗がん剤治療をすると告げられた。

＊

治療は3月1日からスタートした。

1クール目、治療当日は息苦しくなったり全身が熱くなったりして眠れなかったが、すぐに回復したので「これなら楽勝！」と思った。

しかしその後、白血球と血小板が減少し、緊急入院した。「病棟から出てはダメ、病室から出て戻った時はうがい・手洗いをする、病院食以外のナマ物（果物も）ダメ」と言われてへこんだ。

こうして抗がん剤治療の本当の怖さを知り、私の手帳は入院と通院の予定だらけになった。

髪の毛はその退院直後から抜け始めたが、事前に丸刈りにしていたので特にショックはなかった。もともとショートヘアだったし、丸刈りやモヒカン、ベリーショートにもしてみたかったので、逆に堂々と丸刈りにできたことがうれしかった。

その後、治療には慣れていったが、回を重ねるたびに体のかゆみと痛みが強くなりつらくなっていった。病院のご飯も、お茶漬けにしても食べにくくなり、3食とも冷麦に変えてもらった。何度も「逃げ出したい」と思ったが、友人・知人の励まし、同じように治療を受けている患者さんたちとの励まし合い、看護師さんたちのケアにより何とか乗り越えることができた。

中でも、外出できない私の癒しになったのが、季節に合わせて毎月変わるナースステーションのガラスに貼られた折り紙のデコレーションだった。治療も終わりに近づいた頃、病院内でサロンのお祭りがあり、ゆらゆら揺れる金魚の折り紙を教えてもらった。それを看護師さんに見せると「カワイイ」と褒めてもらえたので、次の入院治療の時に作って渡すと、翌日飾ってくれた。よく見ると不器用なのがバレるので、「恥ずかしい……」と思いながらもうれしかった。何らかの形で看護師の皆さんへの感謝の気持ちを返したかったし、こんな状態でもできることがあるんだという自信にもなった。

こうして治療は8月で終わり、9月の検査で順調に回復していると診断されたため、10月から時間を短縮して職場復帰した。

まだ体の痛みも残っていて体力も筋力も完全には戻っていないが、まずは仕事への完全復帰を目指して頑張っている。

＊

二度目の手術の直前に、ある「がん征圧イベント」に参加した。

私は頭髪も眉毛も抜けた〝素〟のままでステージに立った。「私はがんになってしまったけれど、こんな素敵な仲間たちに恵まれて幸せです！　だから最後まで頑張ります！」と宣言した。途中、胸がいっぱいになり言葉に詰まった時、会場から「頑張れ～！」と声がかかった。病気と闘うのは私だけれども、決して孤独ではない。支えてくれる、応援してくれる人がいるんだということを実感し、感謝の気持ちでいっぱいになった。

死ぬまでの時間をどうするかは自分次第。私は「長さ」ではなく「中身」を選ぶことに決めた。何にだって賞味期限はある。人だって生き物なんだから。もし平均寿命の半分しか生きられないのだとしたら他の人の2倍のスピードで生きればよい。だからよそ見なんかしてられない、何度つまずいてもひたすら前を向いて私は生きていく！「がん人生のマラソン」はまだ始まったばかりだ。頑張るぞ！

「全身転移」と言われたが

白鳥美香
乳がん 一九六五年生まれ（札幌）

「乳がんです。全身転移しているかもしれませんから、来週詳しく検査しますので来てください」

2012年の秋、私が47歳のときにあっさりと言われた言葉です。

メラノーマ（皮膚がん）で父を亡くしたため何年か父のがんと向き合い、私自身も生まれつきの病気で手術、8年前には股関節《こかんせつ》の手術で約4カ月間の入院を余儀なくされました。病気に関しては〝ベテラン〟の私でもその告知はまさかまさかの現実でした。

その日は年1回の乳がん検診の日でした。母と二人例年通り受診し、触診《しょくしん》、エコー検診と進みました。エコー検査になったとき、医師の手が何度も止まりました。そのときは「えっ、何？」

だけで、まさか次の瞬間「乳がん」を告げられるとは全く思っていませんでしたので、告げられたときには自分の身に何が起きているのか分かりませんでした。ただ一つ頭をよぎったのは「何言ってるの？　この医者！」でした。

検査もしていないうちに「全身転移しているかもしれません」って、「じゃあ私、死んじゃうの？」と思いました。「がん」という言葉よりも「全身転移＝死」が私の中に入ってきました。あまりにも淡々とあっさりと言われたので、平静を装い私も淡々と医師に質問をぶつけましたが、内心は全く穏やかではなく、誰かに「大丈夫だよ」と言ってほしくてたまりませんでした。

父のときは、今思うとただショックだけで、「どうしよう」としか思いませんでした。父の告知を受けたときの気持ちを推し量ることも気持ちに寄り添うこともできていなかったことに、そのとき初めて気付きました。がん患者の家族になっていろいろと経験し、がんを分かっている気になっていましたが、患者という当事者になると、何もかもが全く違いました。だからこそ、父のときの経験を生かし、後悔したくない、そう強く思いました。そして告知の翌日、次の一歩を踏み出しました。

＊

告知を受けた翌日、私はかつて股関節の手術を受け、その後も定期検診に通っていた病院に行きました。その日担当してくださった医師に、診断に至る経緯や自分の気持ちを全て伝えると、初診にもかかわらず全てを受け止めてくれました。

「最初に受診した病院に『今後はこちらで治療します』と言ってよいですか?」とその医師が私に言いました。たまたまその日担当してくれた医師が、その後の私の主治医に変わった瞬間でした。がん治療へ向かう気持ちが固まりました。そしてその日のうちに病理検査を受け、数日後に私の乳がんが確定しました。

治療は、部分切除手術と放射線治療ということになり、約2週間後に入院し、手術を受けることになりました。全身転移には至っていませんでしたが、入院後の造影剤を入れてのエコー検査で、がん化するかもしれない腫瘍が他にもあることが分かったので、手術では当初の予定よりも大きめに患部を切除しました。術中にリンパ節への転移を調べる「センチネルリンパ節生検」をし、その結果、転移はなく、乳頭腺管がんで大きさは0・7センチ、ホルモン受容体陽性の「ルミナルAタイプ」との最終診断を受けました。そして退院し、数週間経ってから週5日で5週間の放射線治療を受けました。1回の放射線治療は、数分という短時間でした。職場の皆さんの理解の下、半休を取らせていただきながら通院することができました。

現在は、ホルモン剤の服用と3カ月に1度の受診と定期的な血液検査、造影剤を入れての

CT検査、骨への転移を調べる骨シンチグラフィー検査、エコー検査を行っています。

＊

私は、最初の告知を受けてからすぐに2軒目の病院を受診して手術することを決めました。その後、入院・手術までの時間が比較的短かったため、深く考え悩む時間がなかったことが幸いでした。職場への報告、入院の準備などやることが多く、淡々と時間だけが進んでいきました。また、父のときの経験、私自身の股関節の手術の経験もとてもプラスになったと強く感じています。

とてもつらく嫌な現実ではありますが、2軒目の病院で主治医と出会ったことで、絶対にがんには負けない、この先生を信頼して頑張れる、という気持ちになりました。父のときには、父が主治医に「頑張りますから先生、良くしてください」と言うと、父の主治医は「私に言われても」と答えました。医者のそんな言葉を聞いて患者はその医者を信頼して頑張るという気持ちになれるでしょうか。そうした経験があったので、「頑張れる」と私に思わせてくれた主治医にはとても感謝しています。もちろん母、友人、職場の皆さんにも感謝の気持ちでいっぱいです。

＊

がんが判明して4年が過ぎました。ホルモン治療も終わりますが、その先もずうっと転移や再発を心配し不安と戦っていくことでしょう。私の場合、前に手術した股関節も将来また手術をすることがあり得るので心配や不安も倍となりますが、そればかり思っていてはストレスがたまり全然楽しくありません。楽しいという字は、「らく」とも読みます。現状より「楽」になるにはまず何でも「楽しむ」姿勢が必要なのではないかと近ごろ思います。

といっても、そんなのはキレイごと、と思われるかもしれません。実際、私も最初はずっとがんのことばかり思う毎日でした。自分の気持ちを切り替えようとしても、興味本位で「乳がんなの？」と聞いてくる人や、乳がんと診断されてから数カ月後に亡くなったというような人の話をしてくる人がいて、なかなか気持ちを切り替えることができないでいました。人から聞く乳がんで亡くなるという話は、たとえ詳細が分からなくても私にとっては心に深く入り込んでくる話で恐かったのです。平然としているように見えても、心の中はいつも不安と恐怖でいっぱいでした。でも不安と恐怖だけで毎日を過ごしていくわけにはいきません。少しでも楽しいことを探さなければ……。

今の私の「楽しい」は、プールで週3回泳ぎ、おしゃべりに花を咲かせることです。ある本に再発の予防をするための基本は治療に負けない体作りを心がけることとありました。適度な運動も必要とも書かれていて、以前から股関節のリハビリのために行っていたプールで泳ぐことががん治療に一役を買っていると思うとなんだか楽しい気持ちになります。

がんになったことで出会えた人もたくさんいます。がんになったことで優しく温かい気持ちもたくさん頂きました。がんになったことで自分の体を以前よりも大切に思えるようになりました。マイナスな経験もしましたが、今はプラスのこともたくさんあると思えるようになりました。

これからも戦いは続きます。一つ一つ経験を積み重ねていきたいと思います。そして、誠実にがんと向き合い続けたいと思います。

気軽に体験を話し合いたい

池田 厚
腎盂がん、前立腺がん
一九四六年生まれ
（恵庭）

1964年に金融機関に就職し、その後、整理回収機構、大学、病院とお金に関わる仕事を担当してきました。そのためなのか、毎日ストレスの連続でした。2006年に60歳となり勤めていた大学を定年退職し、嘱託として病院職員に採用され、1年ごとの再雇用で仕事を続けていました。妻と娘2人の4人暮らし、ウォーキング、アイヌ文化、自然観察が趣味で、毎日朝と夜は家の周辺を、そして休日には隣町の千歳、北広島、新さっぽろなどへウォーキングをしていました。

2013年8月の休日のことです。ウォーキングの最中、急に頭がピリピリし、家に帰ると発疹ができていました。帯状疱疹だったのです。今から思うと免疫力が落ちていた兆候だったと思います。治療のため、勤めを1週間休みました。眠れない日が続きました。勤務していた病院で治療を受けました。

翌年の2月、自宅でいきなり真っ赤な血尿が出たのです。1週間ほど続きましたが、自然に止まりました。これで治ったと自分に納得させていましたが、1週間ほどすると、また血尿が出たのです。

これはおかしいと思い、2014年3月6日、病院で精密検査を受けました。「もしかしたら悪い病気かも。そうだったら嫌だな」。そんな不安を抱えながら検査結果を待つことになりました。重大な病気だった場合は、テレビドラマでよくあるように先生がまず家族に話し、家族からさり気なく自分に伝わってくるのかと思っていました。気の弱い性格なので、そのときはそれを期待していたのです。しかし先生から家族に対して何も連絡がありませんでした。

今考えれば、当然といえば当然だと思います。私はその病院に勤務していたのですから。

＊

運命の日、何も連絡のないまま検査結果を告げられる日を迎えました。一人では心細いので妻も一緒に結果を聞いてもらうことにしました。

恐る恐る診察室に入ると、あっさりと「池田さん、ここに影が写ってるよ。右の腎盂《じんう》がんだよ」と言われました。パソコンの画面を見せながらさらに詳しい説明がありました。がんが発病してから6カ月くらいは経過しており、尿管・膀胱・前立腺に転移している可能性があるとのことでした。

ドカンと心臓に大砲が撃ち込まれたほどのショックを受けました。最悪の結果に泣きたい気持ちでしたが、妻の手前、終始平静を装っておりました。1人だったらポロポロ涙が出ていたと思います。妻は真っ青な顔で今にも倒れそうになっていました。先生は妻に「何も心配はいらない」と言ってくれました。

先生からその病院を含め3つの病院を勧められましたが、目の前の先生に治療をお願いしました。

入院は翌月の6日、手術はその翌日、退院は19日と日程が決められました。

腹腔鏡で行う手術の方法、麻酔、リスクなどの説明がありましたが、ショックでほとんど耳に入りませんでした。妻も同じで、やっとの思いで2人で家に帰ってきました。

＊

「これからどうなるのか」という不安と動揺、死の恐怖で何も手に付かない状態が続きました。仕事もできず、診断を受けた次の日から休職しました。同僚に申し訳ないと思いましたが、どうすることもできませんでした。

「もしかすると、人生これで終わってしまうのか」。そう思うと布団の中で、何度か男泣きをしました。万一の場合、残された妻や娘たちのことを考えると不安がどんどん募ってくるのです。しかも手術は1カ月後です。不眠も続き、手術を考えると生きた気がしない毎日でした。一日が非常に長かったです。

助けてほしいとの一心から、近くの神社におはらいに行きました。手術の成功をお願いしていると自然と涙がポロポロ出てきて、神主さんが本当に神様に見えてきました。これほど真剣に拝んだことはそれまでの人生ではありませんでした。お守りを頂いて帰りました。

＊

4月6日に入院し、翌7日、手術当日を迎えました。朝、「もう帰ってこられないかもしれない、これが別れになるかもしれない」と妹に電話をかけました。妹は「頑張りなさい、大丈夫だから」と励ましてくれました。

手術は朝9時から始まりました。お腹に3カ所の穴を開け、そこから右の腎臓と尿管、膀胱の一部を切除し、前立腺は、検査のため、細胞の一部を取りました。その上で、下腹部の別に切ったところから腎臓、尿管を取り出しました。

＊

「池田さん、池田さん」と言う看護師さんの声に目が覚めたのは午後5時です。手術室に入ってから8時間も経過していました。手術室からはまっすぐ病室へ戻されました。驚いたことに、体には5本もの管がつながっていました。その夜はほとんど眠ることができませんでした。

翌日から歩くように言われましたが、体を動かしていないこともあり、起き上がることができません。3日目から毎日少しずつ歩く練習を始めました。1週間後には血液用、痛み止め、点滴用の管を外し、退院2日前に尿排出用の管を外してもらいました。

14日目には予定通り退院することができました。

入院中よりもその後の方が大変でした。とにかく体調が悪く、病院に何回も通いました。

職場は3カ月休職していましたが、体調が悪かったこともあり、復職することなく6月末に退職しました。

退院後、定期的に検診を受け、腎盂がんの方は問題ないということでした。手術から1年後の2015年4月になってから尿の匂いが強くなり、精密検査をしたところ前立腺がんの腫瘍マーカーPSA値が9・6と高くなり、先生から前立腺がんの可能性を指摘されました。細胞診で前立腺に初期のがんが見つかり、またまたショックを受けました。

治療は前立腺を全部取る手術、放射線治療、ホルモン療法、抗がん剤治療などがありますが、私は体に比較的負担の少ないホルモン療法を選択しました。

1年後にはPSAが0・71まで下がり、治ったのかと安心していたところ、「このままでは将来、がん化したときに治す手段がなくなる」と言われて放射線治療を受けました。

1週間に4回、通算27回という1カ月半の放射線治療が始まりました。

毎朝、お腹を空にするのが大変でした。昔から便秘症で下剤を飲んでも全て出し切るのは難しく、何度も浣腸をして途中からお尻が痛くて苦痛の連続でした。

しかしこの入院中には、私にとってとても素敵な患者さんたちとの出会いもありました。毎朝、早く起床して一緒にウォーキング、ラジオ体操、その後のミーティングなどを楽しみました。多くの患者さんと病気の状況や趣味を話し合ったり、花火を一緒に見たり、音楽会やボランティアの行事に参加したり、日ハムの野球を観戦したりしました。また、休憩室で患者さんや家族の人とともにいろいろな話に花を咲かせました。仲良くなった患者さんの部屋を訪問して元気付けたり、付けられたりしているうちに、あっという間に退院する日がやってきました。退院することが、残念でなりませんでした。

その後の病院でのPSA検査では、数値が0・12まで下がっていて大変安心しました。退職後は自宅で療養しながら、毎日朝から夕方まで気分転換のためにアイヌ文様のデザインを考えて切り抜いていました。大変気持ちが安らぎました。筋力も落ちていたため、前からやっていた朝のウォーキングも再開し、家の周りを歩いて体力回復に努めました。おかげで少しずつ元気になりました。

現在は、がんになる確率は2人に1人といわれております。しかし私は自分ががんになるとは夢にも思っていませんでした。今まで知人が何人もがんで亡くなっており、精神面がすごく不安になることがあります。街で会った知人に自分ががんになったことを言うと、多くの人が身内や親戚、友人などにがんになった人がいると言います。また、がん患者かその家族にしか分からないような闘病生活を私に語ってくれる人もいます。普段は皆さん、そういう話を他人に言わないのです。がんになった人は心を閉ざしてしまうということもあるのかもしれません。

しかし私には自分の経験を無にしたくないという気持ちがあります。自分のがんを知ったときに本人、家族、医療関係者などが気軽に体験や悩みを語り合い、アドバイスし合えるようなカフェとかサロンが地元にあればよいなと思います。自分の経験からいっても、実際の体験者から話を聞くのが何より一番頼りになるからです。「あのときはああだった、こうだった」と話すことによって心が軽くなります。また体験談を聞くことで治療の参考になったり、多くの人のモヤモヤが晴れたりするのではないかと思うのです。

「闘う」から「ともに」へ

井上美智代
大腸がん
一九六五年生まれ
（札幌）

私が初めて「がん」と向き合ったのは20年前、母の大腸がんを知ったときでした。当時は本人への告知はなく、家族だけに母のがんが告げられました。私はパニック状態に陥り、ドクターの言葉に頭は真っ白になり、泣きながら車を運転しましたが、どこをどう走ったのかも覚えておらず……気がついたら、知らない場所で車を止め、声をあげて泣いていました。

そこから家族のつらい毎日が始まりました。母を亡くしたくない、どうにか生きていてほしい。でも自分にはどうすることもできない……。自分ががんだと知らない母の前では笑顔をつくり、自分の部屋では毎日一人泣いていたと思います。母は4年間の闘病の末、57歳で亡くなってしまいました。

私は抜け殻のようになり、仕事にも2カ月ほど行くことができませんでした。父は毎晩ずっと仏壇の前にいました。父も死んでしまうのではないかと思ったほどです。

でも今は大丈夫です。時間とは優しいもので、今では母との思い出を笑いながら話しています。天国で母が笑顔で私たちを見守ってくれていると感じています。

*

そんな私が、母を亡くしてから20年後の2015年に大腸がんになってしまいました。

初めに自覚したのは、その2年前の腸閉塞になりかかったときだったと思います。激しい腹痛で救急病院に運ばれました。痛み止めの薬をもらい、後日改めて検査をするように言われましたが、痛みも和らいだので行かずにいました。

その頃は、ビストロを経営する夫が、食道静脈瘤破裂で吐血して入退院を繰り返していたので、私も夫の店で一緒に働き始めていました。私の腹痛も普通ではないと思うほど強かったのですが、死ぬか生きるかの夫の病気のことを考えると、病院に行くことはできず、市販薬でごまかしていました。

その夫は私と一緒に働いて一年と少し経った2014年7月に亡くなってしまいました。

当時、夫の店は開店から27年が経っていたので、夫のお別れ会で私は「30周年を目標に頑張る！」と皆さまに宣言しました。

翌年４月、我慢できないくらいの腹痛に襲われました。ネットで症状を検索すると「大腸がん」と出てきます。

やっぱり、そうか……。

健康だった頃の私はおいしい物が大好きで、ワインも大好き。好きな物をお腹いっぱい食べて飲む、それが楽しみで幸せ。そんな生活が暗転しました。

＊

紹介された病院で「すぐ入院」と言われ、検査の結果、大腸がんを宣告されました。想定の範囲内だったので、私は冷静でした。でもその後「肝転移」「腹膜播種」「ステージⅣ」という想定外の告知が続いたのです。

初めて聞く言葉ばかりで事の重大さを理解できませんでした。大腸の手術の説明を受け、病室へ戻りすぐにネットで「大腸がん　ステージⅣ　余命」と検索しました。すると、どのサイトにも「16カ月前後」と出てきます。右目からひとすじ、左目からひとすじ、静かに涙がこぼれました。3年後に、約束したはずの店の30周年を迎えることはできないのか……。

しかし「泣いている暇はない」と自分自身に言いきかせ、震える指で病気に関するあらゆることを検索し、ある厳格な食事療法にたどりつきました。「やるなら徹底的に！」です。もうひとつ見つけた食事療法も組み合わせて、「がんと闘うのだ！」――そんな気持ちでした。

5月14日に手術が終わり、すぐにリハビリが始まりました。院内を歩き回り、点滴が外れると階段で5階まで上ったり下りたりを繰り返し、自転車を20分漕ぐ……体力は順調に回復していきました。

ある日、外出許可が出たので、家へ帰るついでに街に寄ってみました。たくさんの人が笑顔で歩いています。健康な方々からはまぶしいくらいのキラキラしたオーラが出ていて街全体が輝いて見えます。そのとき、「健康って普通のことじゃない、すごいことだ」と思いました。街を行き交う人々を眺めながら、「皆さんも早く気が付いて！　私のようにならないで！」。心からそう思いながら病院に戻りました。

そして5月下旬に退院。仕事に復帰する時期に悩みました。

ある方からは「半年休め」、またある方からは「3カ月は休むべき」との助言を頂きましたが、乳がん10年生の友人が「私は退院した次の日から会社に行ったよ」と話してくれ、私の体力も回復していたので、退院した翌日に店を再開させました。

そしていよいよ食事療法ができることになりました。白米も肉も魚も卵も食べません。イモ類も乳製品も禁止して、がんと闘うのだ！

＊

しばらく続けていると体がフラフラしてきましたが、「好転現象だから続けてください」と本に書いてあったのでそのまま続けました。少し精神状態もおかしくなっていたと思います。スーパーに行くのが恐くなりました。肉や魚が毒に見えるのです。これでは体重も増えるわけがありません。店の料理の味見さえも恐くなり、フラフラしながら、がんのイベントに行って栄養士さんに相談すると、「今は体力を付ける時だから今すぐその療法はやめてください」とのこと。その足で焼き魚定食を食べに行きました。おそるおそる魚を食べてみました。おいしい……。それ以来、この厳格な食事療法はやめて、自分なりに工夫した野菜中心の食事をしています。体重も5キロ増えました。友人たちとの食事ではなんでも楽しく食べ、笑いながらおしゃべりをし、大切な時間を過ごしています。

＊

退院後の6月からは、2週間に一度、抗がん剤治療を受けています。

いろいろな本を読んで、抗がん剤は打ちたくないと思っていましたが、がん患者さんのブログを見ると、抗がん剤治療を受けたくても受けられない方々から「受けられる人がうらやましい」という声もありました。そういう方々もいるならば、受けられる私は感謝した方がいいのかな？　そんな気持ちに変わり、治療を始めることにしました。

初めて点滴がポタリと落ちたときは恐かったけど、副作用はわずかなムカつきと脱毛だけです。いろいろな帽子を被ったり、若い子が来るお店で安いウイッグをいくつか買いました。ショート、ロング、黒髪、茶髪……。楽しかったです。

時間を見つけては旅にも出ています。フランス、スペイン、ローマ……。飛行機での長時間の移動も案外大丈夫です。国内のパワースポットも巡りました。美しい景色に感動し、パワーをもらっています。また、月に2回ほどコンサートで心地よい音楽を聞いて、免疫力もアップさせています。

生活だけでなく、気持ちにも変化が起きました。「がんと闘うのだ！」という気持ちはもうありません。私は体の中にある「がん」に語りかけます。

「私の中のがんへ。私が生きていればあなたも生きていける。私が死んだらあなたも死ぬんだよ。一緒に長く生きようね」――。
今はそんな気持ちです。

妻、そして息子を力に

木村邦弘
胃がん
一九四五年生まれ
（札幌）

70歳に近づくにつれて、糖尿病や前立腺肥大などの疾患が次々現れ、「年相応かな」と思いながらも、日常生活に影響を及ぼすほどの重病ではなく平穏に過ごしておりました。

それがあの日、残された人生を根底から覆すような出来事が突然訪れたのです。

＊

2015年8月13日、たまたま受けた胃がん・大腸がん検診で、初期進行性胃がん及び大腸ポリープの疑いを指摘されました。その1週間後、内視鏡による精密検査を行った上で胃がんの確定診断を受け、大腸ポリープを除去しました。それまでの健康診断では全く問題なく、家系的にもがんになった者はおらず、自分はがんとは無縁だと思っていたので、まさに青天のへきれきでした。「がんは死ぬ病気」という先入観もあり、診断を受けたときは頭の中が真っ白になりました。

しかし、主治医から病気についての説明と治療方針を聴いたことで、がんと向き合う覚悟が次第に固まりました。説明によると、私のがんは「ステージⅢ」で胃の下部3分の2を切除するのが標準的な治療であるとのことでした。

その病院では、抗がん剤治療を先行させてがんを小さくしていく化学療法を採用しているそうで、3種類の抗がん剤を3週間で1サイクルとして5サイクル服用しました。

副作用は思いのほか厳しく、特に点滴のため入院した1週間は下痢や吐き気、食欲不振で大変でした。しかし抗がん剤の効果は顕著でした。がんのステージはⅡAまで後退し、胃壁外のリンパ節や他の臓器への転移もなく、最良の状態で12月21日に胃の3分の2を切除する手術を受け、年末には退院することができました。

がんの病状を示す腫瘍マーカーは、正常値で10以下のところ、抗がん剤治療前は200を超えていたのが、手術前には100前後まで、手術後の2月12日には一気に10以下まで下がり、以降は1桁台を維持しています。

術後の抗がん剤治療も10月20日が最後となり、がん治療はいったん終了ということになりました。その後は、年3～4回程度の経過観察を行っていきます。この約400日に及ぶがん治療を通じて、近年のがんの医療技術の飛躍的前進と、早期発見・早期治療により、がんは「治る病気」であることを確信しました。

*

私には、どうしてもがんを克服し、できるだけ早く生活復帰しなければならない2つの大きな事情を抱えていました。

一つ目は、妻の介護の問題です。妻(68歳)は51歳で若年性認知症を発症し、症状の進行とともに在宅介護や施設入所を経て現在は自宅近くのグループホームで暮らしています。症状は最重度の要介護5でコミュニケーションも取れません。日常生活は車いすによる移動で、食事や着替え、トイレ、入浴などすべての行動に介助が必要です。

それでも精神的には穏やかで、私が話しかけると時折笑顔を見せたり声を出したりすることがあります。認知症の人にとってはこういった触れ合いが大切なのですが、私のがんによってこのような介護ができなくなり病状が進むのではないかと心配でした。「早くがんを治して妻の介護を再開したい」との一念が、がんに向き合う私の大きな原動力となりました。

もう一つは、長男を襲った不幸な出来事でした。それは2年前に起きた日常の生活では遭遇することのない事態であり、私たち家族の生活を根底から破壊しました。

当時35歳で精神障害者の社会復帰支援施設で働いていた息子が、あろうことか、入居者の男性によって殺害されたのです。あまりのことに当初は息子の死を受け入れられませんでした。

「息子はなぜ殺されたのか？　亡くなるまで息子が何をしてきたのか」を調べる中で、精神障害者の自立支援に生涯をかけたいという息子の強い思い、その息子を多くの仲間が支えていたことを知りました。そして私の残された人生を息子の意志を継ぐ活動に捧げようと考えるようになりました。

そんな折のがんの発症でした。思い描いた活動ができなくなるのではという不安がよぎりましたが、「妻の認知症」とあわせて、「息子の死」ががんと向き合い克服する強い原動力となったのです。

＊

私ががんと向き合い早期に元気になったのは、患者同士の交流と情報交換でパワーをもらえたことが大きいと思います。

実は入院前は、がんの患者さんは深い苦しみを抱え、とても他人に心を開くことなどできない人ばかりだと思っていました。ところが最初に入院した病室の様子は全く違っていました。6人部屋で、中でも50代の大腸がんの男性患者Tさんは率先して同室の患者さんから体調や治療状況を聞き出し、励ましていました。病室全体の患者同士の交流と情報交換の輪を広げ、がんに対して前向きな生き方を共有するよう努めてくれていたのです。さらに、他の病室の若い女性患者が幼い子どもたちと離れて闘病している悩みを知ると、私と話して、彼女の不安を解消するよう仕向けてくれました。

また、Tさんは別室の大腸がんの男性が人工肛門の装着に不安を感じていることを知ると、やはり同室の同じ治療をしている患者さんの話を聞かせてあげていました。それによって、その人はすっかり元気になりました。

退院しても5年程度は交流と情報交換を続けようと、同じフロアの有志6人で「6Fがん友の会」を立ち上げました。会長は当然Tさんです。本当にがん患者のパワーってすごいと思います。

がん治療は、もちろんドクターと看護師を中心とする医療専門職のみなさんの技術水準への信頼が基礎となります。一方、患者さん同士の交流も病気に向き合う大きな力となることを強く実感しました。

＊

がんと向き合い、がんとともに生きるためには、まずはがんをよく知り、前向きな生き方をすることです。道の「がん対策推進委員会」や北海道新聞のがん撲滅キャンペーンが大々的に展開されたことで、一般市民のがんに対する関心が高まってきました。がん患者を支援する体制づくりをさらに進めてほしいものです。

サルコーマって何？

田村ひとみ
左腹直筋骨外性粘液型軟骨肉腫、甲状腺乳頭がん
一九六一年生まれ
（江別）

前回から4年経った2011年に人間ドックを申し込んだ。その頃の私は、夫と社会人1年目の長男、高校2年になる三男との4人暮らし。出産以外では入院したことがなく、風邪をひくこともあまりない健康体だと思っていた。コンビニで週4日、パートで働き、三男の通う学校でPTA活動をするという毎日を過ごしていた。

人間ドックでは、検査結果について先生から「特に気になることはないよ」と説明を受けた。「何か質問ありますか？」と聞かれたので私はみぞおちのしこりについて聞いてみることにした。みぞおち左側にあり、痛くもないし、かゆくもないし赤くもない、ただこんもりと盛り上がっていた。大きさは2～3センチくらいだった。自分の体のことだけど、いつ頃からこう

なっていたのか何度振り返ってみても思い出せない。でも、人間ドックを受けた2011年10月17日にはあった。

しこりを触った先生は、「腹壁皮下に腫瘤《しゅりゅう》がありますね。脂肪腫かもしれません。精密検査を受けてください」と言った。「脂肪腫って何?」。私にとって初めて聞く言葉だった。家に帰りネットで調べると、皮膚のすぐ内側にできる良性の脂肪細胞の塊で、40〜50代の女性に多く見られるものだという。「皮膚がドーム状に盛り上がり柔らかいしこりとして触れます」とのこと。私の症状に当てはまるものばかりだった。良性でよかったとひと安心する。でも先生からは精密検査を勧められていたので1週間後に病院に行った。皮膚科では触診をして、MRIを撮った。

*

1週間後の11月1日。脂肪腫ではない腹壁腫があること、何かはっきりさせるために切開生検をすることを伝えられた。11月9日に入院し、しこりの一部を切り取った。後で容器に入ったしこりの一部を見たら、意外とキレイだった。

11月17日、結果を聞くため、夫と一緒に病院へ。「悪性です。左腹直筋骨外性粘液型軟骨肉腫です」と告げられた。「……」。時間が止まったようで言葉が出ない。先生が病名をメモに書いて渡してくれて、すぐ大学病院の整形外科に行くよう勧めてくれた。「大学病院を紹介してくれたということは、ただならぬことなんだな」「体調もいいし、体は普段と何も変わらないのになぜ？」といろいろな思いが頭の中を駆け巡った。

大学病院の専門医は「悪性腫瘍だからすぐ手術して取りましょう」と言った。「手術しないとどうなりますか？」と質問するのが精いっぱいの私。「腫瘍が大きくなってお腹の皮膚が破れる恐れがあります。腫瘍だけを切除するのではなく、周囲の組織も一緒に切除します。切り取った部分は周りの筋肉で埋めるか、別のところから筋肉を持ってきて埋めます」。そんな手術があるんだ。そしてそれは私が受ける手術なんだ――。もう一人の別の自分のことのように思えてならなかった。

12月13日、娘の誕生日が私の手術記念日になった。入院2日前までパートに出て普通の暮らしを続けた。

＊

2週間後の12月5日に再入院した。医師は検査の結果を見ながら「切除する部分が広くなります。腫瘍が含まれる腹直筋、肋骨、肋軟骨、胸骨の剣状突起も一緒に切除します」と一気に説明した。「先生！　そんなにスラスラ説明されても心の準備が間に合いません」。私は内心で叫んでいた。「切除した部分の再建は、左大腿からの筋膜移植や筋膜皮弁を移動させて縫合することを考えています」という説明には、夫が「歩けるんでしょうか？」と質問していた。

12月13日、手術は5時間半かかった。みぞおちから左足付け根までは並行した傷が2本、左足の付け根から膝までには1本の傷ができた。

手術翌日、腹帯をした私の体は、尿管と3本のドレーンにつながれていた。全身が痛くてだるくてものすごく重たい。誰とも話をしたくない。痛み止めの点滴をしてもらい、とにかく1日中寝た。4日目、少し体が楽になってきた。でもくしゃみはできないし、自分の傷も見れない。

そんな時、傷の具合を見にきた主治医が「赤みが引いてきている。ヨシ！」と声をかけてくれた。魔法の言葉だった。この一言で私は大丈夫だと思えるようになった。鏡で傷を見た。腹部に35センチ、左足に33センチ。傷は想像以上に長かった。19日目、初めて迎える病院でのお正月だった。23日目に、腹部100針、左足80針の抜糸。入院中に家族や友人から励ましのメッセージが届いてうれしかった。1月18日、私の誕生日に、折り鶴をプレゼントしてくれた看護師さんやケーキを分け合って食べた同室の皆さんと出会えて心強かった。「うれしい」「楽しい」「おいしい」が私の元気のもとだった。そして41日目の2012年1月23日に退院した。

家に戻り、少しずつ家事を始めた。この頃、時間があるといつも自分の病についてパソコンで検索していた。「骨外性粘液型軟骨肉腫は、骨・軟部腫瘍に分類され、サルコーマと呼ばれる希少がん」。私は左腹直筋にできたので「左腹直筋骨外性粘液型軟骨肉腫」と知った。

*

2015年9月28日に4年ぶりに人間ドックを受診した。甲状腺にしこりが見つかり、大学病院で精密検査を受けることになった。

検査結果は「甲状腺乳頭がん」だった。「おとなしいがんと言われてますが、しこりが大きいので手術の対象です」と説明された。私の場合、甲状腺のちょうど真ん中にしこりがあるので片方から5分の3を切り取る手術になるが、5分の2が残るので甲状腺の機能には問題なく、「中縫い」という中は縫うけど表面の皮膚は縫わないでテープを貼って皮膚がくっつくのを待つものになるので傷はだんだん目立たなくなる、と聞いた。

手術は11月27日。全身麻酔で約2時間かかった。手術前は全く自覚症状がなかったので、手術後はつらかった。首の6センチの傷口はテープで固定されていて、肩が凝るし、ドレーンもつながっているので、全身がだるくて重たかった。術後6日後にドレーンが取れたので、首のストレッチ体操を始めた。12日目に退院。以降は半年ごとに経過観察に通っている。

＊

今は月に3回、ヨガ教室に通い、時間を短縮してのパートも再開した。4人の子供たちは社会人になり、孫の笑顔も見られた。日々の身近な幸せを感じて、これからは夫と穏やかな暮らしがしたい。この日常生活ができる今だからこそ、私は私の体験を通してできることに参加していきたい。今まで支えてくれたみんなに感謝を込めて。

II 化学療法・放射線治療を受けて

悪性リンパ腫と言われて

須永俊明
悪性リンパ腫
一九五一年生まれ
（札幌）

橋・道路などの土木構造物を設計するコンサルタント会社の技術部門で働いていた私は、風邪もひかないほど健康でしたが、62歳の時、悪性リンパ腫と診断されました。

２０１４年の正月から空咳《からぜき》が止まらなくなり、会社近くの個人病院へ行きました。Ｘ線画像を見て医師から「肺がんではないが、肺にダメージがあるのですぐ大きな病院で診てもらいなさい」と言われました。気が動転してすぐに数年来糖尿病で通院しているがん拠点病院へ行き、呼吸器内科の診察を受けました。担当医はＣＴ画像を見て「肺がんとは違いますが、肺の影の原因は分かりません」と言いながら私の病歴を調べ、「昨年11月に糖尿病の薬剤を変更しているので、薬剤が原因かもしれない。元の薬剤に戻してしばらく様子をみましょう」と説明されました。

2月に気管支鏡検査をしましたが病名は分からず、3月になるとさらに体調は悪くなってきました。4月も空咳が止まらず、私は担当医に考えられる病名を教えてほしいと頼みました。すると「間質性肺炎と思われます」と言われました。調べてみると、10万人に数人という難病であることが分かりました。周囲の人から「セカンドオピニオン制度を利用して他の病院で診てもらえば」と勧められました。私は二人の医師からがんではないと言われていたので「がんでなければ大丈夫」と思いセカンドオピニオンは利用しませんでした。

＊

5月になると担当医から「CT画像から腹腔内のリンパ節が大きくなってきているので悪性リンパ腫も考えられる」と言われました。悪性リンパ腫を調べると、たくさんの種類があり、それぞれ治療方法が異なることが分かりました。妻からは「病名が決まってないのにいろいろな病気を調べてみると、憂鬱《ゆううつ》な気分になってしまう。病名が決まるまで調べるのをやめてほしい」と言われました。

6月になっても空咳は止まらず、診療の窓口が血液内科に変更されました。初めての診察時に「これまでの診察経緯は忘れてください。これからは確定診断のため、痛みを伴う検査もします。私が主治医となりますので何でも相談してください」と言われました。すぐに外科で右肩からリンパ節を切除する生検をしました。1週間後、悪性リンパ腫、いわゆる血液のがんで病名はホジキンリンパ腫、欧米人に多いが日本人には少なく悪性リンパ腫の10パーセントと伝えられ、すぐに入院を勧められました。日本人10万人に1人というまれな病気で、私がどうしてこの病気になったのかと頭がボーッとなりました。同席していた妻は主治医と今後の予定などを冷静に打ち合わせしていました。

この頃、半年で体重が10キロ減り、診察直後からは夜間の寝汗と37度の微熱が出ました。また、夜寝ていると腰が耐えきれないほど痛くなりました。しかし、首や脇の下にしこりは見つけられませんでした。

＊

会社や友人に入院を伝えると、病名を聞いた途端にみな一様に驚き、慰めの言葉をかけてくれました。帯広に住む年老いた両親には心配をかけないよう「検査でしばらく入院する」とだけ電話で伝えました。でも「なかなか治すのが大変な病気だね」と父。私の弟からすでに病名は聞いていた様子でした。

2014年7月14日に入院しました。主治医から次のような説明がありました。
「ホジキンリンパ腫は頸部、縦隔、腹腔内のリンパ節に認められ、肺病変も判然としないが可能性はあるものと考えられ、ステージⅣです。全身麻酔による手術が必要ですが、現時点では手術のメリットよりも感染症などのデメリットのほうが上回るので化学療法を行いながら経過観察します。ステージⅢ以上の場合、ABVD療法が標準治療法となります。4つの抗がん剤の頭文字を組み合わせた化学療法です」

私と妻はインターネットで調べた知識から放射線による治療との併用、化学療法の期間、5年後の生存率を質問しました。これに対し、がんが広範囲にわたっているので放射線治療はできず、化学療法は1クール2回で、6〜8クール、5年後の生存率は67パーセントと説明されました。私はこれがインフォームドコンセントかと思い、ABVD療法に同意しました。

＊

その日のうちに抗がん剤点滴のCVポートを右胸に埋め込む手術をしました。翌日は骨髄液を抜く腰椎穿刺《ようついせんし》を受けました。独特の痛さがあり、思わず声をあげました。

入院3日目から点滴による1回目の抗がん剤治療が始まりました。目の前で看護師が手袋と防護服を着用して抗がん剤点滴の準備をしたので緊張しました。点滴の針をCVポートへセットする時、パチッと音がして、その確かな音に抗がん剤漏れの心配はないと分かりました。4種類の抗がん剤は右胸のCVポートへ約3時間かけて点滴されました。点滴中は体が少し熱くなりましたが、終わるとすぐに空咳と背中の痛みが収まって頭の中もスッキリしました。この時、抗がん剤と相性がよいので6クールの12回で治るのではないかという希望を持ちました。

2回目の抗がん剤治療をして退院しました。

退院後、下半身の筋力を鍛えて35度に下がった体温を上げようと毎日ウォーキングを始めました。会社の仕事も気になってきて11月初旬、出社しました。たちまち風邪、結膜炎、口内炎などにかかりました。抗がん剤治療で免疫力が低下しているためと言われ、1月末まで休むことにしました。

＊

1回目の抗がん剤直後から、しゃっくりと便秘を除けば、吐き気や食欲不振、しびれなどの副作用はありませんでした。ただ気になったのは、抗がん剤点滴後に白血球、血小板、赤血球の数が正常値以下まで減少する、副作用止めのステロイドの服用をする4日間は異常に血糖値が高くなるという症状です。

11回目の抗がん剤治療前に心臓と肺の精密検査をしました。主治医から「心臓は問題ありませんでしたが、肺機能は治療開始前より数値が悪くなっています。理由としては抗がん剤のブレオマイシンの副作用が考えられます。治療当初、肺病変は治療途中で影が小さくなっていたので悪性リンパ腫ということに結論付けていました。前回のCTでも肺の影は小さくなっていますが、このままブレオマイシンを投与すると間質性肺炎を発症する可能性があります」と言われました。

「最後まで副作用に耐えられるからABVD療法を続けてほしい」と希望しましたが、医師から「4種類の抗がん剤から、ブレオマイシンを中止して間質性肺炎のリスクを下げ治療を継続する」と説明され、同意しました。また、右胸に埋め込んでいるCVポートあたりの皮膚の色が変わり薄くなって「破れそうです」と主治医に相談しました。「感染のリスクが大きいので左胸に移設手術はしません。もし、皮膚が破れた場合はガーゼで押さえてすぐ病院に来るように」と言われ緊張しましたが、治療が終わるまで皮膚は幸い破れませんでした。

頭髪は頭皮が見えるほど薄くなりました。さらに味覚障害や両足の爪が変形するなどの副作用もありましたが、食欲は最後まで衰えませんでした。12月初旬にがん体験者の2人の友人から「がんは必ず治るとポジティブに考え、よく食べること」と生還経験者としてアドバイスをもらい、一番の励ましの言葉となりました。

＊

2015年の新年早々の造影CT検査でがんがすごく小さくなっていたことが分かりました。影はがんなのか治療後のカスなのか区別できなくなっていました。診療後の説明は「来週の診察時までに血液内科と放射線科のカンファレンスにより抗がん剤治療を続けるか、中止してPET検査するか方針を決める」とのことでした。

1月13日、カンファレンスの結果を聞きました。肺への副作用リスクがあるので抗がん剤治療は続けないほうがよいとの結論になりました。そして「本日で抗がん剤治療は終了します」と説明されました。

1カ月後、主治医から「PET検査でがん細胞は見つかりませんでした。本日の採血検査も問題なしでしたので治療は終わりです」と言われました。「すると完全寛解（腫瘍病変が完全に消失した状態）ですか」と質問すると、医師は「おめでとうございます」と答えてくれました。この瞬間うれしくて舞い上がり、主治医といつも私の治療に付き合ってくれた妻も一緒に握手をしました。待合室で問診してくれた看護師さんも指でOKマークを出してくれました。

＊

私は62歳までがんには全く関心がありませんでした。がんと診断されてから慌てて調べ始めました。また、入院してから生まれて初めて日記も書き始めました。がんと闘っている体験をこれからの人生で忘れないようにすること。私を励ましてくれた体験者と同じように私のがん体験が身近な問題としてがん啓発に役立てばと思っています。

15歳で発見、私の白血病

清野莉恵
急性リンパ性白血病
一九九三年生まれ（札幌）

私が急性リンパ性白血病になったのは、8年前。2009年1月に入院し、約2年間に及ぶ闘病生活を過ごしました。

入院する約10カ月前、札幌市内の商業高校に入学。部活動と資格試験の対策講座を受講し、「今日は友達と遊びに行く」というような生活とは無縁でした。それでも、もっと勉強したいと毎日充実していました。

そんな私に異変が起きたのは、入学して約半年後でした。からだがだるく、風邪のような症状が続いていました。小・中学校の9年間、一度も欠席したことがなく、元気だけが取りえの私が、初めて欠席するほどひどいものでした。「休んで授業が分からなくなっていたらどうしよう」。その不安から、つらくてもできるだけ出席していました。授業中、気分が悪く、口の中に唾液がたまり、ティッシュに吐き出す、ということを何度もしていました。一度だけ、授業後に我慢ができず、廊下で唾液を吐き出したこともあります。

食欲がだんだんなくなり、ご飯はもちろん、大好きなお菓子すら受け付けなくなりました。数分歩くだけで息が上がり、何倍もの時間を使って休まなければならなくなっていました。おそらく貧血の症状だったと思うのですが、病院では風邪と診断され、何種類もの薬を処方されただけでした。やがて腰に激痛が走るようになり、歩くことはもちろん、立つことすらつらくなっても、家族を含め周りの理解は得られませんでした。

＊

体調が悪いにも関わらず、年末には郵便局のアルバイトを始めました。立ちっぱなしの仕事は、貧血と腰痛に苦しんでいた私には地獄でした。結局3日で、ドクターストップがかかって辞めることに。その当時、家族からは「仕事をなめているのか」などと言われ、自分でも「体調が悪いのは甘え」「頑張りが足りないからだ」とネガティブな気持ちになっていました。

年が明けると、鼻血が出るようになりました。トイレに駆け込み、大量の紙で鼻をおさえても、すぐに便器が真っ赤になるほどでした。徒歩3分もかからない病院に行くのでさえ、ティッシュ一箱を使い切るほどでした。最初は鼻の中の血管を焼いて血を止めましたが、すぐにまた出血しました。貧血を心配され、採血したことが、白血病が発覚するキッカケとなりました。普通なら結果判明まで数日かかるところ、翌朝には電話が来ました。

「至急再検査が必要です。うちでは無理なので、病院を紹介します」

幸いなことに、その日は母親の仕事が休みで、すぐに紹介された病院に2人で行きました。そこで即入院と言われました。元気が取りえの私は入院などをしたこともなく、私も母も何がなんだか分からないまま。むしろ私は、数週間後に迫っていた資格試験を受験できるかどうかの方が心配でした。

*

約2週間後、抗がん剤治療に入る前に、病名を告げられました。両親は私に「がん」と告げるべきか否か、とても悩んだようです。ただ、私は携帯電話を持っていたので、「血液検査で分かる病気は何か」をたくさん調べ、ある程度の目星をつけていました。おかげで、白血病と教えてもらった時は「やっぱりか」「この体調の悪さは、普通じゃなかったんだ」と安心したのを覚えています。恐らく家族のほうが主治医から告げられた時のショックは大きかったと思います。

小児がん患者としては年齢が高いことが寛解するかどうかの不安として挙げられましたが、早期発見でもあり、抗がん剤治療のみで進めることになりました。

小児科病棟では、個室にずっと一人でした。常にテレビがついていて、横になっているだけ。その中で、看護師さんが話をしに来てくれたり、夜に親が来てくれたりと、周囲の方に助けられながら、治療を受けていました。

一時退院が許された時、私は中学時代の友人に白血病であることを告白しました。そのとき、友人から発せられたのは「死ぬの？」の一言でした。病気を調べ尽くし、すぐに普通の日常に戻れるんだと、病気で死ぬことを考えていなかった私は、友人の一言が一般の考えなんだなと感じました。それからは、「もう普通の人には戻れない。周りに迷惑をかけるのなら、生まれてこないほうがよかった」と自分の存在をマイナスに何度も考えました。それでも、3月の誕生日に、病棟の看護師の皆さんからお祝いのメッセージをもらい、高校のクラスメイトからも色紙いっぱいにメッセージをもらい、とてもうれしかったです。

順調に治療は進むものの、勉強することが好きだった私は、学校に行けないことが大変なストレスでした。入院中、看護師さんに「一番つらいことは何？」と聞かれた時、「やりたいことができないこと」と答えるくらい、学校に行きたかったのです。治療は嫌だけど、それよりも普通の人と同じ生活ができないことをつらく感じました。

入院から約半年、順調に外来治療に移行し、いったんは復学はしましたが、1週間も行けず、また入院することになりました。抗がん剤が効きすぎて、白血球数が減少し、準無菌室に入らなくてはならなかったためです。

*

そんな中、私は「高校を辞める」ことを考え始めます。同級生が先に進み、自分は病室に取り残されたまま。治療が終わるころに、同級生は高校卒業という状況でした。退学した場合、学歴は「中卒」になります。もともと進学希望の私は、どうすれば大学に行けるのか、インターネットで情報を集め、高等学校卒業程度認定試験(旧大学入学資格検定)制度を知りました。高校の担任とも相談し、退学するかどうかはわきに置いて、まずは受験だけ、ということで治療中の17歳の夏に受験し、高卒認定資格を取りました。

同級生が卒業式を迎える半月ほど前に、治療は終わりました。最終的に復学はせず、同級生の卒業式に合わせて退学しました。その後は、定期検査のかたわら、予備校に1年間通い、札幌市内の大学に進学しました。

学生生活では、「入院中に学校に行きたかった」という強い思いから、「高校の院内学級を作ってほしい」と札幌市議や市の教育委員会に訴えました。結局、さまざまな障壁があり、その願いはまだ実現していません。院内学級だけでなく、「病気が原因でやりたいことができない、ということをなくしたい」と今でも思っています。

大学では経営学を学び、病気の生徒のための学習支援のビジネスプランが学内コンテストで最優秀賞を受けるなど、病気をした経験を学生生活に生かしました。在学中には妊娠・出産を経験しました。がんになり、死んでいたかもしれない自分が、新たな生命を育むことができるなんて……と、とても感動しました。今は普通の人と同じように育児をしています。それ以外も、普通の人と変わらず、お酒を飲んだり、遊んだりしています。こちらから言わなければ、白血病の「は」の字すら周りの人は分からないでしょう。

*

「小児がん」が障壁になったのは就職活動の時でした。主治医からは「無理に言う必要はない」と言われましたが、私はがんであったことを選考時に必ず伝えていました。なぜなら、病気を経験したから今の私があるからです。「残業はできるのか」「他と変わらず仕事を頼めるのか」

「再発の恐れはないのか」。志望理由は一言で終わり、その何倍の時間も病気のことを聞かれました。「今は普通の人と変わらないのに、なぜ?」と何度も思いました。それでも病気であった過去を伝え続けて、今の会社から内定をもらいました。

私は現在、働きながら、2歳の娘と2人で暮らしています。がん患者って、自分自身が気を使うこともあり、周囲に助けてもらうこともありますが、それは普通の人も変わらないと思います。

小児がんになった過去は変えられないし、それで不利益を被るとしても、仕方がないことです。実際、病気をして失ったものもあります。でも、残ったもののほうが多かったのです。

生まれ変わっても、私はもう一度私に生まれたい——。そう思えるように、世間の目ではなく、自分が後悔しない選択をするようになりました。

がんになった人でも、「イキイキと毎日を過ごすことができる」ということを周囲に、そして自分自身で認められるよう前を向いて生活をしていくことが今の私の目標です。

治験への期待と不安

坪 忠男
肺がん
一九六一年生まれ
（本別）

2011年9月中旬、中3の一人息子は進路決定の時期で「将来入りたい企業がある」と夢を語り、私たち夫婦は家の新築を工務店に相談していた頃だった。

毎年受けている人間ドックの結果発表があり、近くの病院でいつものように軽い気持ちで医師の話を聞いていた。

「バリウム検査の映像を見ると、何かが食道を押していますね。普通はまっすぐなところが曲がっています。肺がんの疑いがあります」

一瞬、何を言われたのか分からなかった。すぐにCT撮影をしたが、結果は肺がんに間違いないというものだった。1日に40本吸っていたタバコは2年前にやめているし、自覚症状もまるでないのだから簡単に手術ができるに違いないと思った。しかし医師からは「ここは縦隔《じゅうかく》といって、食道や太い血管などが密集しているところで、手術は簡単ではないね」と言われ、詳しい検査を受けることになった。「しまった！　家族に申し訳ない。オレ死んじゃうの？　息子の将来は……」。次から次へと思いがあふれ出してきた。妻に連絡したが、すぐには信じてもらえなかった。近所に住む母にどう言おうかと頭を抱えた。息子には人間ドックの再検査があるとだけ伝えた。翌日息子が使ったパソコンの検索履歴を見ると、数種類の検査名が残っていた。彼なりに心配しているのかと胸が詰まる思いだった。

9月下旬、帯広の内科医でPETと気管支鏡の検査を受けた。結果は扁平上皮《へんぺいじょうひ》がんで肺の右下葉から気管支にわたり大きさ34ミリ。縦隔リンパ節への転移もあり、病期はⅢA。医師は、「外科医の判断になるので、はっきりとは言えませんが、手術は可能だと思います。希望があればどこの病院でも紹介状を書きますよ」と、手術を受けられる病院を幾つか教えてくれた。

「十分に考えて、自分の意思で決定しないと後悔しますよ」とも言われたので、ネットで徹底的に調べて、札幌の病院に決めた。

＊

紹介状を持ち、10月6日に妻とともに外科医を訪ねた。持参したデータを見た医師から「難しい手術もいろいろ経験したが、これはできない可能性が高いね」と言われた。

お先真っ暗という感じだった。それでも、もう少し調べてみることになり、4日後に入院が決まった。入院前、自宅で車のタイヤ交換をしたが、また来年もできるのだろうかと思った。普段の何げない一つ一つが、これで最後かもと思えてしまった。

入院後は幾つかの検査をしたが、具体的な治療の話がないまま日々が過ぎていった。手術ができる可能性は低いと覚悟していても、「できるのかなぁ?」と期待してしまう。7日後、ようやく外科の医師に呼ばれた。

「手術はやはり無理。内科に移り、化学放射線治療をすることになる」と説明された。すがる思いで、「小さくなったら手術してくれますか?」と聞いてみると、「それは小さくなったら考えるけど、手術のことは諦めないと今後の治療に専念できないんだよね」と返ってきた。医師の言葉に絶望的な気持ちになりながらも、希望は失うまいと自分に言い聞かせた。

＊

数日後、夫婦で内科の医師と面談した。「5、6人に1人が治ります」。「治る」と聞いた瞬間に「ヤッタ〜ッ！」と思い、闇の中に光が見えた思いだった。なぜかその「1人」が自分のように思えて「やるぞッ！」と闘志が湧いた。

10月30日に内科病棟へ移り、放射線科の医師と面談をした。渡された説明書を見ると、治療目的に「根治照射」と書いてある。「根治ですか？」と聞くと、「もちろん根治を目指します」という力強い言葉が返ってきて、がぜんやる気が出てきた。

治療方法は、放射線を2カ月かけ33回に分けて照射、その間に2種類の抗がん剤を組み合わせ、4回投与する。

抗がん剤の副作用である吐き気、便秘、脱毛、白血球低下など一通り経験したが、どれも重篤ではなかった。朝、枕についた毛をガムテープでペタペタと取るのが日課になった。時折頭を自撮りしては「本日の抜け毛状況」として妻にメールしていた。便秘対策では抗がん剤投与前から下剤を飲み、放射線治療では食道炎になる前に、保護ゼリーや痛み止めのシロップを飲んだ。照射のときも自分で工夫し、息を止めて毎回同じ位置でと試みた。効果の程は不明だが、治りたい一心からだった。

入院中は、医師や看護師をはじめたくさんの方に励まされた。中でも友人や職場の同僚とのひとときは、治療のつらさを忘れさせてくれる何よりの薬だった。

予定されていた治療も終盤を迎えた12月中旬、外科医に呼ばれ、「がんは小さくなってきたが、放射線をかなり当てているので癒着が予想され、患部を完全に取り除くのが難しい。今の治療で十分に効果が出ているので、手術はしない方が良い」と説明を受けた。正直ホッとした。今さら手術はしたくない。肺が全部残っているし、経過もいい。今の治療を選択したことで得をしたような気さえしていた。

同じ頃、主治医から私のような患者を対象にした治験の話があった。できることは何でも試したいと思い、新年1月から参加することにした。

年末12月26日、一連の治療が終わり、CT画像を見ながら妻と共に主治医の説明を聞いた。「期待した以上の効果が出ています。まだ小さくなると思いますよ。3年間このままだと治る可能性もありますね」と言われ、生きる希望と喜びが湧き、断念しかけていた住宅の新築を決断した。

年が明けた2012年1月7日に退院し、すぐに職場復帰した。

＊

1月末から治験が始まった。再発予防ワクチン入りの「実薬」と効果のない「偽薬」のグループに分かれて比較する。医師も被験者がどちらのグループに属しているのか分からない「二重盲検」で行う。皮下注射を4カ所。初めは週1回で8回、その後は6週に1回のペースで打った。期間は約3年の計画。自分は実薬組だと期待し、仕事を休んで通った。それを認めてくれた職場と、上司や同僚に感謝した。3月には「病変はもうほとんど無いと言ってもいいくらいです」と説明があった。6週に1回のペースになってからも、診察のたびに不安と安堵を繰り返す中、再発や転移は認められず、時折「治るかもしれない」と言われ、薬の効果に期待を抱いた。

治験開始から2年が過ぎた2014年4月、実薬と偽薬のどちらの組か12月にオープンになり、実薬組は継続が可能と聞いた。この頃から「偽薬組であってほしい」と思うようになっていた。効果がある場合は一生続けるのか、薬が認可されても経済的な負担が大きいのではないか、といったことが心配だった。また、自分には効いているのに開発中止になってしまうという可能性もある。一方、もし偽薬なら自力で元気だったことになり、この先の負担も不安も少ない。

9月末、30回目のワクチンを注射する前に、治験は突然中止になった。医師から、どちらの組も生存率、病状進行度においてほとんど差異がなかったと説明された。自分は望んだとおり偽薬組。2年8カ月間のさまざまな思いが交錯し、複雑な心境だった。

＊

12月下旬、治験終了後の初検査で肺の右下葉の別の場所に1センチ未満の腫瘍が見つかった。医師は「1カ所だけなら手術も可能です。3カ月後にCTを見て判断します」とのこと。

こんな日が来ると思ってはいたが、さすがにショックだった。転移した場合は今度こそピリオドだろうかと考え、落ち込んだ。思い切って元旦から家族で旅行に出かけた。その後は息子の専門学校の進学準備と重なり、病気の心配ばかりしていられなかったのが救いだった。

2014年3月下旬、CTの結果は、「右多発肺がんの疑い」。幸い、1カ所だけだったので手術が決定した。

4月7日に入院し、翌週の14日に手術というスケジュールになったが、最初に放射線を当てた部分の癒着があり、右下葉を手術で完全に取り除くことは非常に難しいことから、まずは診断的治療をすることになった。部分切除をして検体を調べ、内科医と相談して今後のことは決めるということになったのである。生検の結果は原発性の肺腺がんで、前回の扁平上皮がんとは別のがんだった。病期がIAなので補助治療はない。その後は3カ月ごとに2つのがんの経過を観察し、診察のたびに不安と安堵を繰り返し、現在に至っている。

最初の治療から5年、今はがんが発見される前と変わらぬ生活を送っている。再発や転移のことは常に頭の片隅にあり、時折強い不安に駆られるが、経験して得たこともたくさんあり、それが自分の財産になっている。

中3だった息子は専門学校を卒業し、憧れていた企業に入った。この子は将来どんな道に進むのか……それを見届けたい。当時ははるか先の夢のように思ったことの一つが、いま実現しようとしている。

「生存率20パーセント」にかける

三宅康博
食道がん
一九三八年生まれ
（札幌）

2006年11月、成人病検診で食道における流路の一部閉塞が発見され、「悪性腫瘍」と確認された。これががんと対峙《たいじ》した出発点であった。

食道がんを患った人は多くはないが、最近の著名人では俳優の中村勘三郎、タレントのやしきたかじん氏が治療のかいなく亡くなっている。

食道がんの特徴は転移が早いということだ。胃と異なり漿膜《しょうまく》がなく、周囲にリンパ管や血管が多いためだ。また、気管、肺、心臓など重要な臓器および大動脈が近接しているので手術に伴う危険性が高いといわれる。

私の場合はリンパ節への多数の転移が認められ、病期はステージⅣaの進行がんだった。

どこでどう治療すればよいのか、初めての経験でよく分からない。幸い検査をしてくれたH医師は、現在T病院の副院長であるA医師を紹介してくれた。A医師は食道外科が専門で、北海道における鏡視下手術の第一人者ということであった。

翌日、T病院で説明を受けた。経験豊富なA医師を信頼し一切を委ねることとした。手術に続いて化学療法も受けることにした。当時、化学療法の資格を持った専門医は全国で40名ほど、北海道では2名のみで、私を担当してくれた腫瘍内科担当のT医師はそのうちの一人であった。数少ない専門医に当たったことは幸運だった。

*

手術の2日前、家族の立ち合いのもと詳しい病状や手術の目的、要領、内容などについて医師から説明を受けた。手術の目的は病巣のある食道を摘出し、周囲のリンパ節を切除、胃袋を食道の代替としてつなぎ合わせることであった。手術のダメージを少なくするために開胸しないで、各種内視鏡を使用して手術するということだった。

手術は午前9時から開始され実質7時間を要した。術後の経過は順調で、食事も栄養剤から始まり、半固形食、固形食と順調に進んだ。苦しむこともなく、気分爽快な日が続き、2週間で外科治療は終了した。

主治医はこう話した。「合併症もなく、手術結果は問題ないが、食道近辺のリンパ節41個中8個にがん細胞が確認された。他の臓器への転移はないが、離れたところからも発見され、多数であるため、Ⅳa期であり統計上5年後の生存率は20パーセント」。調子がよいので楽観視していたが、まさかという思いで、ならば20パーセントに入ることを目標に療養し生きようと思った。

＊

手術後、化学療法を受けた。手術では取り切れなかった可能性のあるがん細胞を抗がん剤で消滅させ転移を防ぐためである。抗がん剤は2種類の薬剤を組み合わせ、点滴によって125時間連続して投与し、1行程に28日間かけ4行程実施する計画だった。

抗がん剤は正常細胞にもダメージを与える。いわゆる副作用だが、正常細胞はがん細胞より回復が早いので、3週間の間隔を空けて投与することでがん細胞はどんどん減っていくことになる。これが抗がん剤治療のしくみである。だが副作用はやはりつらかった。食欲がなくなり、便秘や下痢を繰り返し、胃の中は燃えるように痛く、夜は眠れず七転八倒するほどだった。当然食事はまともにとれず、栄養剤を点滴で補給し、少し気分の良い時、ゼリー食品や冷麦など、妻が家から持参した物で、食べられる物をむりやり口にした。

医師は抗がん剤の組み合わせを変えるなどして改善を目指したが、副作用の苦しみは続いた。他にも貧血、不眠、逆流、口内炎、けいれん、脱毛など、これまで経験したことのない症状が次々と現れた。最も困ったのは胃の痛みにより食事がとれないことで、体重は大幅に減少し、体力の消耗は著しかった。

苦しいだけでなく、体力が持たないという不安があり、抗がん剤の中止を医師に申し出た。確立されている標準的な治療だとは思うが「初めからがん細胞はなかった可能性もある。そしてすでに3行程実施しそれなりの効果はあるだろう。体力も極限にきている」と重ねて中止を要求し、体調も悪く4回目は中止となった。

抗がん剤の治療は終わった。あとは運を天に任せるしかない。毎月の血液検査、3カ月ごとのCT、6カ月ごとの内視鏡検査を受け、必要に応じて副作用、後遺症などの治療を行うことになった。

＊

毎回不安な気持ちで検査の結果を待った。医師は「1年目、2年目が重要である」と言い、1年が無事経過した時「最も危険性の高い1年を経過した。2年目も無事経過すれば何とか見通しがつくのではないか」と言った。副作用などの苦しさはあったが、大きな問題にも遭遇することなく安定した状態が続き、5年が経過した時、もう転移・再発の心配はなしとされて、5年間に及ぶ治療を終えることができた。

今回の療養において幸運だったことは、年齢的に全てのことを卒業していたことである。即ち仕事はすでに終わり、一切の係累はなく、全面的に療養に専念できる環境であった。このため可能な限り旅行や趣味活動に参加し、コミュニケーションや気分転換に努めた。療養の範囲内で何事にも積極的に行動し、気持ちを外に押し出すことが必要であると感じた。

手術から10カ月後には実家のある神奈川へ、2年目には山陰や四国へと足を延ばして身内の結婚式や同窓会に参加し、親交を温めた。特に身内に対しては札幌まで見舞いに来てくれたお礼も兼ねた訪問であり、私の元気な姿を見せて安心させることも目的の一つであった。

1年目、2年目は再発防止の治療に重点を置いていたため、肉体的にはやや無理な点もあったが、遠出するに当たっては万全の準備をし、弟妹や娘たちといった身内をはじめ同級生、恩師など多くの人々にも会うことができ、精神衛生上は極めて有効な旅路であったと思う。

また、同時に趣味のゴルフも無理のない程度に楽しみ、体力を維持する意欲を持ち続けるようにした。さらに水彩画クラブにも復帰し、同じ趣味を持つ人たちと談笑し程良い緊張感を得て気分をリラックスさせた。こうした趣味は定年後の充実感を得る生き方として、無気力になりがちな生活の防止につながることであり、免疫力向上、がん再発防止の活動そのものであると思う。

幸いにも5年後生存率20パーセントの狭き門をくぐり抜け、さらに現在まで生きることができたのは、幸運が第一であるが、がん発見のタイミングがよかったこと、能力経験に優れた医師にめぐり合えたこと、そして自分自身が決して負けない気持ちを持って療養に真摯に取り組んだ結果だと思う。

今、私は池の深みに引きずり込まれる危険からやっとはい上がったような感じである。

24歳で舌がんに

鈴木慎也
舌がん
一九八七年生まれ
（札幌）

高校卒業後に現在の会社に勤め、毎週末お酒をたしなむ生活を送っていた24歳の頃、ある日、舌の左側面に口内炎のようなものができ1カ月ほど治らなかった。たまたま長い休みがとれ、家で母親に相談すると、「あんた、お酒飲み過ぎだから内科にでも行ってみたら？」と言われ、内科の病院に行ってみたが何も分からなかった。さらにその内科医から歯科に行くことを勧められて行った。歯科での診断の結果が「腫瘍の疑いがあります。大きい病院に行ってください」というものだった。少し不安になったが、あまり気にしてはいなかった。

大学病院で検査を受けた結果、舌がんで、リンパ節にも転移しているとのことだった。自分が考えうる最悪の結果に動揺したが、その時は軽い感じで聞いていた。家に戻り父親に話したら「そうなってしまったんだから落ち込んでもしゃーないぞ」と言われ、完全に受け入れることにした。友人に報告したら泣いてくれて、この時初めて事態は深刻だと気が付いた。しばらくお酒を飲めないことからたらふく飲んで二日酔いで入院した。

＊

私は24歳と若く、抗がん剤の使用によって精巣に影響が出る可能性があるため、精子の凍結保存を行ってから、抗がん剤治療と放射線治療が始まった。放射線治療も最初は何も感じずに終わったが、10回目あたりから口の中がやけど状態になり、水ぶくれで痛くなった。食事にも影響が出て、点滴と飲み物とめん類のみになってしまった。熱も出るようになった。放射線と抗がん剤治療が終了する頃には左頬と首がやけどで真っ赤になった。カップめんを食べても味がせずゴムを食べているような感覚だった。脱毛などはなかった。

事前治療が終わり、先生から手術について説明を受けた。術後は話ができなくなるため、ジェスチャーや文章でのやり取りになり、気管カニューレという物を喉に入れるので呼吸は喉から行う。初めは口からも食べたり飲んだりできないので鼻の管から栄養を取るという説明を聞いたが全くイメージできなかった。

午前8時、手術開始。麻酔で眠らないよう頑張ってみたが一瞬で意識がなくなり、帰室したのは翌日の午前1時半。17時間の手術だった。目覚めた瞬間息ができず、パニック状態になった。声も出せずにとにかく焦ってアピールしていた。気管カニューレで自然と呼吸はできていたのだが……。強い痛み止めのせいか気分がすごくハイになっていたのを覚えている。

*

翌日、少し落ち着いた分、痛みや苦しさを感じてきた。体の至る所にカテーテルやドレーンの管が付いている。顔も腫れあがり自分ではない。顔も自由に動かせず不眠でイライラがつのる。術後20日ほど経ち、気管カニューレが取れ、話せるようになったが、自分の声ではないように思えた。首左側のリンパ節も切除したので首が細くなったように感じた。舌も半分ほど切除して、腹筋を舌に移植した。移植した筋肉は動かないため話もうまくできず、何をしゃべっているのかが相手に伝わらないもどかしさを覚えた。今まで無意識に舌が動き話していたことに気が付き、舌というものがとても大事な働きをしていたことを実感した。

入院間もなく、何を話しているのか分からない人、鼻から管がつながって謎の色の液体を流していた人などを見て、最初は不思議に思っていたが、それが後に自分の姿になったことが分かった。舌の切除で言葉がうまく発せなくなり、謎の色の液体は経管栄養というものだった。いろいろとショックを受けた。

言語リハビリが始まるが、全然ダメだった。「あいうえお」の練習から始まったのだが、とにかく「ら行」が難しい。同時に運動のリハビリも始まった。後日、女性の担当医に手術直後の話を聞いた。担当した女性医師は「術後、しばらくあなたが両親に会おうとしなかったことが悲しかった」と言った。私は自分の弱っている姿を絶対に親には見せたくなかった。心配をかけると思ったから。目が覚めたときはその先生と腕相撲をしたらしい。きっと「俺は元気だ」と伝えたかったのだと思う。

リハビリの日々が続き、病院で年を越した。最悪な年ではあったが、両親や友達のありがたみが大きいものだったとあらためて感じた。まだまだ先は長いけれど頑張ろうと誓った。

＊

手術自体は成功したが、年明け早々病理の結果が出て、リンパ節への転移が3カ所見つかった。他の部位への転移の恐れがあるため、再度抗がん剤治療を勧められた。私の病気は50歳代でもまだ若いといわれる年配の方が大半の病気である。年配の方には追加治療は勧められないみたいで、20歳代とさらに若かった私は、医者からは徹底的に治すことを勧められた。再度治療するということはまたつらい思いをするということであり、退院が延びてしまうということだが、もう病気にはなりたくない、という思いもあった。きっと両親や友達も治療を勧めてくれるだろうとも思った。私はすごく悩んだ。抗がん剤も術前より1種類増えて、脱毛・吐き気などさまざまな症状が現れる可能性があると伝えられた。

その晩たまたま友人たちが来てくれたので相談してみた。「抗がん剤のつらさとか今までのつらさは俺たちには分からないから、人の気持ち抜きに慎也が決めろ」と言われた。「勢いでやってしまおうかな、でも怖いな……」の繰り返しだった。しかしあまりに悩み過ぎたのか、最後は意外とあっさりと決めた。「何だか分からないが、やろう」と決心がついたのである。

＊

決まったならやるっきゃない！　今回は3クールでの抗がん剤の投与となる。抗がん剤1クール目が始まった。副作用におびえながらリハビリで気を紛らす。手術で食道が弱っているためバルーンというリハビリも行う。抗がん剤の影響が少しずつ出てくる。熱が上がり、顔のむくみ、しゃっくり、吐き気。いろいろ重なり眠れなくなる。身の置き所がなく一日中つらい日々が続く。早くも限界を感じた。常に吐き気を気にし、楽になれる姿勢も取れずにしんどかった。隠れて何度涙したか知れない。

そんな中、お風呂に入っているときに髪が抜け落ちた気がした。治療の影響か？　軽くむしっただけでかなり抜ける。ドラマのワンシーンのように、お風呂の排水口には大量の毛が、カツラができてしまうんではないかと思うほどたまっていた。こんな勢いで抜けられたらキリがないから、人生初の丸刈りにした。悲しくなった。

体調が悪くしんどい中、思った。「大変な手術を乗り越えたんだからどんなことがあっても大丈夫だよ」とよく言われるが、確かに今後つらいことがあっても、手術の時と比べて、あの時よりは楽だなとか、あの時を乗り越えたんだからと思うのかもしれない。けれど結局はつらい時がつらいのであって、比べたところでその時のつらさには変わりない。あの時と同じつらさじゃないし、つらさの種類だってさまざまだ。今は今のつらさと戦っている。限界って何なんだろう？　限界という言葉は簡単に言える言葉だと思った。もう何回言ったことだろうか？　本当の限界がきたら人はどうなる？　死ぬのか？　限界という言葉も発せなくなるのだろうか？　絶望感と他人より強い副作用で常に気張っていなくちゃいけない緊張状態。つらい時というのはどうして1日がこんなにも長いのだろうか？　楽しい時や何げなく過ごしている時はあんなにも早く感じてしまうのに。

気分が晴れることがないままに、なんとか抗がん剤投与の3クールが全て終了した。よく耐えました、頑張りました、と自分に言いたかった。終わった頃には頭髪も無くなりツルツルで、眉毛やまつげ、ひげも無くなっていた。手術をしてくれた女性の担当医は「今まではずっと体を痛めつけていたけれど、これからは回復に向かうのみだ」と言った。その言葉が身に染みた。そして自分の中でやる気が湧いてきた。あとは食べられるように頑張るのみ。しかし、ここからがまた大変だった。

＊

最初は、水を少し飲もうとするだけでむせてしまった。少しずつコツをつかみ順調かと思われたが、固形物を全く食べることができず、胃ろうの話まで出た。これからの長い人生、満足に食事もできず、胃ろうで栄養を取るんだなと考えるとショックだった。手術前から胃ろうじゃないと生活はできないと先生方は予想していたみたいだった。胃ろうの手術日程も決まったのだが、絶対に食べられるようにすると言ってくれたのが女性の担当医だった。先生は私以上に頑張ってくれて、胃ろうをしなくても大丈夫なほどに私は回復した。ようやく退院の話も出てきた。

退院当日、それまではずっと「早く病院から出たい」と思っていたが、この日だけは寂しさがあふれ出た。こんな気持ちになるとは思ってもいなかった。

＊

看護師の方々、特に担当してくれた方にすごく良くしてもらい、執刀してくれた女性医師とは絆ができていたと私は思っている。絶対に食べられるようにすると言ってくれたのもこの先生で、先生がいなければ食べられるようには絶対になっていなかったと思うし、そもそも死んでいたかもしれないとまで思った。命の恩人だ。最高にカッコ良くて大好きな先生。私の約8カ月間の入院中、一度も休まず私のそばにいてくれた。

＊

退院から5年ほど経った。今では何でも食べることができる。話し方が変わって伝わりにくく自信をなくすこともあるが、それ以上に人とのつながりを持てて、こんな経験をして本当に良かったと今では思っている。

最後に家族へ――。今回の病気が私ではなく、家族の誰かがこの病気になってしまっていたら、私にはきっと耐えられなかったと思います。見ている方がつらいものです。私で本当に良かったと思っています。

親父、母ちゃん、妹たち、心配かけてごめんね〜。

Ⅲ 家族・周りに支えられて

心穏やかな毎日に向かって

高橋千奈美
乳がん
一九六八年生まれ
（岩見沢）

2016年7月8日。夏のある金曜日の夜だった。私は地域情報誌の編集をしており、この日も締め切りに追われ仕事を家に持ち帰っていた。「週末なのに全然ゆっくりできないなあ」と布団の上で自分の肩をほぐしていた。脇の下あたりをマッサージしていたら、右胸の下に硬いしこりが触れた。起き上がって触ってみると分からなかったので、気のせいかと思い、もう1回寝て触れるとやっぱりある……。小さな大豆くらいの大きさのしこり。「まさか――」

折しも、市川海老蔵さんの会見で小林麻央さんの病状が告げられ、連日そのニュースで持ち切りだった。仕事に集中しなくては、と頭で言い聞かせても、油断すると心はしこりに向かい、ネットで「乳がん」や関連ワードを検索してしまう。気持ちは晴れぬまま、締め切り後の7月21

日、札幌の乳腺外科クリニックに赴いた。

＊

一般外来の待合室に入ると、あふれんばかりの女性。待つこと1時間以上。問診、触診、マンモグラフィー（乳房X線）、エコー検査。しこりの部分に針生検、少しだけ細胞を取り出し調べるそうだ。最後に院長先生に呼ばれ、針生検以外の結果を聞く。「しこりは7ミリくらいのごく小さなもので悪いものなのかどうなのか、判断はすごく難しい。一般的には良性のものが多いんだけれども」。少しホッとしかかったのも束の間、「マンモグラフィーには写らなかったけど、エコーでみると、どうも細胞の顔つきが、がんなんだよね」。え？　何かの間違いではないのか。マンモグラフィーに写らないのに？　「今のところは何とも言えない。針生検の結果が来週出ますけど、もう1回ちゃんと検査したほうがいいかもしれないので、どっちにしても電話します」

先生の言葉は淡々としているけど、誠意が伝わるものだった。この先、お世話になっていくわけだが、質問には平易な言葉で説明してくれ、私の立場や気持ちを重視してくださる。最初の診断で直感的に信用できた。病院を出て遅い昼食のスープカレーを食べていると涙がポロポ口こぼれてきた。「私、死んじゃうのかな」。「大丈夫だよ。そんなことにはならないと信じようよ」という夫の言葉が優しく、また悲しくなった。大好きなスープカレーが全く味気なかった。

数日後、先生から電話が来て、検査の結果は「良性」。しかし、医師の経験上、念のため再検査したいという。MRIの日程を決めた。

＊

MRIの検査の後、針生検。その結果が出たのがお盆明けの8月17日だった。夫と聞いた告知は、テレビで見るような重々しいものではなかった。看護師さんが作業をし、ついたての向こうでは他の患者さんが血液検査をしている中、相変わらず先生は淡々と普通の口調で話した。

「乳がんです。しこりの奥のほうに小さながんが見つかりました」

先生の話では、早期発見で、ステージ0。ごく小さいが、MRIで診るといくつか点々と広がっているらしい。きちんと手術すれば問題ないとのこと。手術は、部分摘出も可能だが胸の形が相当崩れるし、放射線治療後、形成手術はできない可能性もある。右胸を全部取り除いて、同時に乳房再建をする、という手術を勧められた。頭がぼうっとした。子供たちは母乳で育てた。スヤスヤ眠る子供たちの顔を、上から眺める幸せ。母乳育児に思い出がたくさん詰まっている。先生を信頼している一方で、私は手術したくなかった。思い出が失われるような気がしたから。そして片方の胸がなくなることについて、単純に怖かった。手術をしないで何とかがんと生きていけないのだろうか？

＊

手術の日程が一応決まった。9月27日。私は、子供たちに乳がんだと伝えた。今のところ、おそらく命に別状はないが、自分は手術したくないことも、その後のさまざまな可能性についても伝えた。中1の息子は下を向いて「大丈夫、自分のことは自分でやれるから」と言い、小1の娘は「ママ死んじゃうの？」と不安そうだった。仕事でお世話になっている方に事情を話すと、大学のヘルスカウンセリングの研究室を紹介してくれた。私が今抱えている問題について、相談にのってくださるという。そこで出会ったストレスマネジメントの専門家が簡易的なカウンセリングをしてくれた。「今、何を一番問題に感じているか？」と問われて、ありのままを話した。「私は手術をしたくない。今まで薬も飲まず生きてきたし、自己治癒力で何とか乗り越えられるのではないかと思っている」

病気を抱えるたくさんの患者さんや、心の悩みに接してきた先生によると、私と同じように感じ、手術を選ばず、がんと共生していく人もいれば、亡くなる方ももちろんいるのだそうだ。ただ、その時自分が納得できているかどうか？　自分の人生の選択をできているのかどうか？が問題なのだと言う。正解などなく「一番穏やかで安心できる自分で感じることを選択して。頭で考えちゃだめよ」と言われた。

一番安心できる風景を想像するワークで私の心に浮かんだのは、子供の頃見ていた故郷の夕陽がかかる山々。すやすやと眠る子供たちと夫の顔。そうか。私が大事なのは、自分のこれまでの人生やポリシーではなく、家族なのだ。家族が安心して暮らせるために、私は手術を受けなくてはならない。帰り道、夫に電話した。「お土産は何がいいかな？　入院の準備もしなくちゃ」。話しているうちに、涙がポロポロこぼれてきた。

＊

手術前日の9月26日入院。入院の予約時刻に遅刻気味で一人バスに乗る。今度ここを見る時は、私、どうなっているんだろうな、とバスからの風景を見てまた涙があふれた。病院についた後は、手術前の検査の合間、とにかく眠った。処方された睡眠導入剤も使わず、こんこんと数カ月ぶりに熟睡した。「私は疲れていたんだ」と気付き、解放感と安心感に包まれた。

手術当日の朝、点滴した後また眠っていたら、夫がやってきた。目が真っ赤だ。おそらく運転しながら泣いたのだろう。「大丈夫」。夫の口癖の言葉にまた涙がこぼれた。その後、私の母が下の娘を連れてやってきた。私の腕の点滴が怖いと言ってなかなか近寄ってこない。手を握りたくて、あの手この手でオイデオイデしたが、全く近寄らずあきらめた。私を見て泣くんじゃないかなと心配していたのがバカみたいだと、ちょっとおかしく、同時にほっとした。高校時代からの親友も仕事を早退してかけつけ、手術室まで見送ってくれた。「行ってらっしゃい。待ってるから」

目が覚めるとすでに翌日の朝だった。夜中に心配そうな夫や子供の顔を見たような気がしたが、確かな記憶なのか夢なのか分からない。息をするのもつらい。午前中のうちに歩行練習をして、翌日から腕を上げるリハビリが始まった。傷の痛みは日々良くなったが、私は、入院中、胸を見ることができなかった。シャワーの時も回診の時も目を向けられない。分かっていたものの、片方の胸がなくなっている自分に向き合えなかったのだ。お見舞いの友人が来ている間は明るく振る舞っていても、一人になると、この先の不安におびえた。今までの洋服はもう着られないのかな。仕事には戻れるんだろうか？　そんな時、励まし合ったのが、同じ時期に入院していた患者仲間。夕食後は共有ロビーに集まり、情報交換をした。ＬＩＮＥグループを作り、「チチ会」と名付けた。病状はそれぞれ違うが、みんな明るく前向きだ。そういえば誰かが言ってた。「乳がんはがんばりやさんがなるって言うわよ」。みんな何事も人一倍がんばっているんだろうな、患者仲間を見ていてその言葉を何度も思い出した。

＊

10月7日、退院。退院してからもしばらくは傷を見ることができなかった。抜糸後、やっと許可が下りたお風呂。鏡に映った自分の姿に声をあげて泣いた。私はまだ再建中だが、暗くなりそうな気持ちは、再建後の自分を想像することでなんとか耐えられた。乳房再建が保険適用になってよかった、と心から思う。術後のホルモン治療は薬の副作用がつらくて、いったん中断になった。

3カ月の休養期間、子供たちは私が家にいるのが新鮮らしく、普通に甘えてくる。学校に送って、サッカーのお迎えに来て、夕飯はもっと凝ったものが食べたい。「ちょっと、私、がんなんですけど」と言いながら、なんだか幸せだ。

しこりを見つけてから、私は、この一連の出来事に意味を見出さなくては、と思った。そうでなければ、やっていられない。なんでこんな目に遭うんだ？　と。しかし今はそのことに必死にならなくなった。自分のものとして受け止めていく覚悟ができたから。

「あなたは恵まれている」とよく励ましの言葉をいただくが、病気は相対的なものではなく、絶対的なものだと思う。軽くても重くても、それは自分にとって絶対的な出来事で、誰かと比較できるものではない。病気は自分のものだ。それぞれに物語がある。仕事優先で来た私が、がんにどう向き合って、どう自分を変えていけるのか？　今まさに私にその機会が与えられたのだ。家族と心穏やかに過ごす日々、この体験で誰か他の人の心の支えになれるかもしれないという希望。仕事との関わりや治療、今後の問題や課題は山積みだが、私の前に、新しい道が広がっている。家族に感謝を込めて。

公表して走り切れた

大橋朋子
一九六七年生まれ　乳がん
（札幌）

それは、２０１５年７月のことだった。会社員の私は、仕事帰りにジムに通い、トレーニングをしてから家路につくという日々を送っていた。直前に行われた定期健康診断の結果も問題なく、むしろ、もっとシェイプアップをして体力を付けなければと思っていた矢先のことだった。家で何気に自分の体に触れていた際に左胸の下側に小さな硬いしこりのようなものがあることに気が付いた。まさかと思いつつも嫌な予感は拭えなかった。

＊

悪い予感は的中した。翌日、職場近くの乳腺外科クリニックへ行き、マンモグラフィーとエコー検査を受けた結果、腫瘍があることが分かり、先生から「すぐに細胞診を受けた方がよい」と言われた。これまで遠くて漠然とした存在だった「死」というものが、突然身近になった瞬間だった。

その後、細胞診と組織診そしてCT検査を受け、8月下旬に「ステージⅠの乳がん」であることが確定した。幸いリンパ節などへの転移はなかったが、腫瘍のタイプが「トリプルネガティブ」という、ホルモン療法などができない「多少顔つきの悪い」タイプのがんであった。

標準治療は、抗がん剤と手術、放射線の3つに限られる。先生から「抗がん剤治療を手術の前に行うか、後に行うかを選択してほしい。今すぐに決めなくてもいったん家に帰ってから、ゆっくり考えて決めてくれればいいから」と言われた。しかし私は、その場で「術前に受ける」と即答した。以前、偶然職場で目を通していた北海道医療新聞に、近年、術前の抗がん剤治療が一定の成果を出していること、そして術前に治療を受ける方が、治療中の患者のモチベーションを高く保てるという記事があったのを思い出したからだ。最近の抗がん剤治療は、入院せずに通院で仕事を続けながらでも受けることが可能だという点も大きかった。「仕事をしながら半年の抗がん剤治療を乗り切ろう、迷わず早いうちに治療を始め、できるだけ最短で終えられるように頑張ろう」。そう心に決めた。一瞬、抗がん剤が効かなかった場合のデメリットが頭をよぎったが、メリットの方に賭けることにした。

＊

確定診断を受けた直後、私はその足で会社に戻り、上司に検査の結果と今後の予定を報告した。上司には、既にしこりを見つけた時点で話をしていた。普段から職場で良いコミュニケーションがとれているという安心感もあり、全てをオープンにすることが私にとっては自然なことだった。上司は、充分に仕事と治療を両立できると判断してくれた。そして、すぐに東京本社に連絡を取り、無理なく治療を続けられるよう治療期間中の一時的なスタッフ増員などの手配をしてくれた。その後、本社から人事部長が来札し面接を受けた。そこでも隠すことなくありのままを話した。人事部長からは「人生生きていればいろいろある。大変だろうが、とにかく安心して治療を受けてほしい。絶対に無理をするな」と温かい言葉をかけられた。

＊

私は、家族や親しい友人はもちろんのこと、職場の上司や同僚を始め、周囲の人たちには可能な限り全てをオープンにすると最初から決めていた。がんになっても私は変わらず私自身のままだ。独身で親元を離れ一人暮らしをしているため、お金だって稼ぐ必要がある。それには周囲に全てを公表し、必要なときには周りの力を借りることが必要不可欠だった。もちろん公表した結果、どのように受け止められるのか不安もあったが、気にしている場合ではなかった。命の危機に直面したことにより余計なことが一切気にならなくなっていた。良くも悪くも「鈍感力」がアップしたという感じだった。

職場の同僚にどんな形で公表するのかは、9月の初めに上司と相談した上で上司の口から話してもらうことにした。上司は皆の前で、真実をありのままに話してくれた。抗がん剤により私の髪の毛が抜けることも含めてだ。そして、治療をすれば十分に復帰できること、皆には普段通り変わらず接してほしいことをはっきりと伝えてくれた。私は明るく「ウイッグを着けて対応するので、髪型変わってイメチェンしたとでも思ってください！」と言った。皆、笑顔で応じてくれた。本当にありがたかった。ウイッグは、がんの確定診断を受けたその日のうちに、会社帰りに近くの専門店に足を運び注文した。自然な感じのものになるとなかなか値が張ったが、夏のボーナスをはたいて購入した。ウイッグは治療しながら仕事をするためには必需品であり、おろそかにはできない物だからだ。

9月11日、いよいよ抗がん剤治療が始まった。数種類の薬を組み合わせ、4回ずつ合計8回、翌年(2016年)2月5日までの半年間の治療だ。最初の1週間のみ入院し、その後は3週間ごとに通院で治療を受けた。

抗がん剤治療は、乳腺外科クリニック提携先の総合病院で受けた。最初に抗がん剤治療のスケジュールを決める際、そばにいた看護師の方が「仕事を続けながら治療を受けるのであれば、金曜日から始めるといい。毎回土日はゆっくり休めるから」とアドバイスしてくれた。それまで抗がん剤治療に対しては、ネガティブなイメージの方が大きかったが、副作用には個人差があることや、副作用を抑える薬が日進月歩で進んでいることをそのときに教えていただいた。

知人の中には「抗がん剤は百害あって一利なしだから、できれば受けてほしくない」と免疫療法を行っている病院を紹介してきた人もいた。既に抗がん剤治療を受けることに対し前向きな気持ちになっていたにもかかわらず、知人の話を聞いた途端に気持ちが揺れ精神状態が不安定になり、クリニックで精神安定剤を処方されるまでになってしまったが、最終的に惑わされることはなかった。

気持ちが不安定だった時期に、以前から通っていた内科クリニックの先生に相談した。先生は「一番大事なのは絶対に治すのだと思い込むこと。そして何よりも正しい基礎知識が大事だ」とおっしゃった。そして「この本を読むといい。いつ返してくれてもいいよ」とある本を貸してくださった。それは看護師や医療スタッフ向けの乳がんに関する図解入りのテキスト本であった。これをきっかけに、私は「とにかく基礎知識だけは頭に入れよう、でもネットや他の余計な情報とはある程度距離を保って、絶対に惑わされないようにしよう。分からないことや不安に思うことがあったら、まずはプロである先生に教えていただこう」と固く心に誓った。その後も借りたテキストをお守り代わりにし、結局先生にお返ししたのは全ての治療が終了した後であった。

＊

私ががん治療を始めたとき、ちょうど世間ではテレビで活躍する有名人が乳がんを公表し話題になっていた。嫌でも毎日のようにたくさんの情報が目に耳に入ってくる。その情報を自分の中で取捨選択し、心を平穏に保ち続けるのは非常にエネルギーのいることだった。例えば「乳がんで抗がん剤治療を受け副作用で脱毛した患者のうち、治療が終わった後数年経っても発毛しない人が一定割合いることが分かった」というニュースが突然ＮＨＫで流れてきたりする。

そのたびに「がんは100人いれば100通りなのだ、気にしない、気にしない！ もし思い通りにならなくても、そのときに対処の方法を考えればいいのだ」と自分に強く言い聞かせ乗り切ってきた。つくづくテレビで流れているニュースや情報は、健康な人々を対象にしているのだと思った。がんが見つかる前には一切感じたことのなかったことであった。

＊

体質に恵まれたおかげもあり、2種類の抗がん剤による副作用は、脱毛があった以外は極めて少なく、時折発熱や下痢があるくらいであった。抗がん剤の治療を受けるたび、白血球の減少を抑える薬を注射してもらっていたが、それでもやはり時々発熱があり、そのたびに会社を抜けて病院へ直行しなければならなかった。

しかし治療を始めて3カ月後には、いわゆる「完全奏功（寛解）」の状態となった。仕事においても、残業を極力せずに済むように今まで以上に効率を重視した働き方に変わっていった。身体の調子の良いときと思わしくないときでメリハリをつけるように心掛け、また治療スケジュールを社内の共有カレンダーに全て打ち込み、上司や同僚が随時見られるようにした。

半年の抗がん剤治療の後、もともと腫瘍があった場所を部分切除するという手術を受けた。手術は3月3日。手術の前日、帯広に離れて暮らす母親がひな祭りのケーキを持って駆けつけてくれた。がんになる以前は連絡もたまに取るくらいで決して仲の良い母娘とはいえなかったが、入院中ずっと付き添ってくれた母と静かで穏やかな時間を過ごすことができた。大学入学を機に親元を離れて以来、初めてのことであったかもしれない。

手術は無事に成功し、4月からは放射線治療が始まった。平日の週5日、朝一番で治療を受けた後に出社するという生活が6月10日まで6週間続いた。治療も終盤にさしかかると照射部分が日焼けしたようになり、疲労も出てきたが、周囲のサポートのおかげで何とか最後までやり遂げることができた。治療を通じて取得した有給休暇は、なんとか会社所定の年次有給休暇の日数の範囲内に収めることができた。

思い返せば、がんが見つかってから今まで「がんになってもフルで仕事を続けることができる」と周りに示したい一心で、無我夢中でひたすら走り続けてきた。おそらく周囲に公表し宣言したおかげで迷うことなく走り切れたのだと思う。

*

現在は、おかげさまで治療も終わり、あとは定期的に検査を受けるだけとなった。仕事にも完全復帰して毎日元気に働いている。母親とも毎日のようにメールのやり取りをする仲だ。支えてくれた皆に少しでも恩返しするために、これからも毎日を元気で笑顔で生きていこうと思っている。

今が一番しあわせ

中野眞保子
一九四六年生まれ
肺がん
（深川）

肺がん発症時は、北空知・深川で花農家でした。シネンシス系の花でキノブラシ、キノセリーズ、カナリーダイヤモンドなどをハウス栽培していました。2007年、人間ドックの受診で「肺に気がかりな所があります。3カ月後再検査を受けるように」と言われました。

＊

2008年1月、再検査で医師の説明を受けたのですが、はっきり言ってくれず「肺がんですか」とこちらから切り出し、「肺腫瘍と考えられますね……」と言われました。頭の中で「タバコ吸わないし……、ストレスなのかな」。そんなことを考えたりしていました。しかし、検査結果は正面から受け止めてしっかり治療しよう――すぐにそう考え直し、前を見ることにしました。

自覚症状は特になく「身体が寒い。冷えが気になるな。やっぱり年齢《とし》だね」と感じるくらいでした。後で知りましたが、寒いということは低体温症になっていたのです。周りの人や友人に「とっても顔色が悪くて変だと思ったよ」と後で言われました。

検査入院し、鼻から気管支鏡を入れるなどして、病巣から細胞や菌・組織を採取して検査しました。左肺上葉の肺がんの初期でした。「手術をすれば2週間くらいで退院できますよ。肺がんの場合、一番先に転移するのは脳です。脳の血管がダメージを受け、脳梗塞になることもあります。退院後は今までと同じ日常生活に戻れるように私たちも努力しますので頑張ってほしいです」と、医師から励まされました。患者に寄り添った、丁寧で優しい言葉での説明でした。そのことで信頼関係が深まりさらに気持ちが一歩前進したことを覚えています。同席した夫と長男がどんな表情だったのかは思い出せません。自分では比較的冷静に聞くことができたと思っていましたが、「隣に座る家族の表情が分かっていなかった」ということは、やはり私も動揺していたのでしょう。

そして2008年3月の手術となりました。夫と長男夫婦が来てくれて、手術室まで車椅子を押してくれる長男の顔は不安でいっぱいだったことが思い出されます。私が「大丈夫だよ。母さん強いからね。頑張れるよ」と声をかけると頭でコクリと返してくれました。手術は左背中にメスを入れ、6時間ほどで終了しました。麻酔から覚める頃、看護師さんが声をかけてくれたのですが、眠気で目が開かず家族は半分だけ安堵して帰りました。

入院中は横浜に嫁いだ長女が来てくれて、家事をしてくれたりして助かりました。術後は、体がしんどくて起きていられず、食事もおにぎりをリクエストしました。横になったまま口へ運べることがうれしかったです。そうしているうちに体についた管も1本ずつ外されて、体力も回復し、周りの人とも話ができるようになりました。休憩室での食事どきは、男性患者は会話なく、ひたすら食事のみ。一方、女性患者は「これ、おいしいね、この野菜、甘みがあるね」などとにぎやかでした。食事の時間はコミュニケーションいっぱいの場でした。

そんな中、私より5歳若い女性と食事のテーブルが一緒で、いつも彼女の話を聞いていました。「あなたは手術ができたからいいけど、私は肺がんがリンパに転移して手術ができないの……。子供たちは大きくなっているけど、夫の方が気がかりで、私の顔を見るといつも泣くのよね……。私が病気になったために夫を悲しませて、とてもつらくて苦しいよ……」。誰にも言えない思いを私に話すことで、心の中が軽くなったと彼女は涙を拭きながらニコッと笑顔を向けてくれました。いつのときも彼女の話に耳を傾け、聞いているだけの私でした。でも、数カ月後、その女性が自ら命を断ってしまったことを聞かされ、衝撃を受けました。人との関わり方の難しさを実感しました。もう少しだけ彼女の心に寄り添ってあげたら良かったと思う一方で、どこまで入り込んでよいものかを迷っているうちに悲しい結末となったのです。「頑張ったね。お浄土でゆっくりお眠りください」と合掌しました。

私は術後2週間で家に帰れました。医師やスタッフの方々に支えられて、おかげさまで元気になりました。「今までと同じ生活でよいです。雪はねしてもよし、筋肉労働も心配いらないから、やってください」と伝えられ、笑顔で退院できました。家族もほっとしていました。

その後は月1度の検査と年1度のPET検査で5年間通院し、2013年6月、「もう大丈夫ですね。卒業ですよ」と医師に言われ、笑顔になったことを覚えています。

＊

私の兄弟は5人いますが、秋田県に住むすぐ下の弟も2015年「神経内分泌がん」と診断され、東京の病院で治療中です。人間ドックを受診していましたが、それが絶対でないことも学びました。治療中で頑張っている弟には前を向いて生きてほしいと願っています。

その2歳下の弟の妻も2010年、肺がんを発症し、2013年に脳梗塞となり61歳で亡くなりました。常に前向きで、つらい治療を乗り越えたら治るということを信じ頑張っていました。弟と子供たちも笑顔で母親の背中を撫で、手を握り、励ましていました。しかし脳梗塞で帰らぬ人となりました。笑顔の優しい女性で、本当に残念で悲しみがいっぱいでした。

また、私の9歳下の弟は、2013年、胃がんで全摘出を受け、今は元気で生活しています。

私は2014年で農家もやめ、夫と二人年金生活です。長男、次男は家族と市内に住み、嫁ちゃん二人にはとても助けられています。私は以前と同じ生活で、春の水稲播種から田植えなど、夏だけ近くの農家さんへ農作業に行っています。発見が早かったことが私には幸いでした。どんな病気でも早期発見、治療が一番です。私の肺がんでは放射線治療も抗がん剤治療もせず、以前の生活ができるようになりました。そのことをたくさんの人に知ってほしいと思いました。皆さんもぜひ、検診を受けてください。袖すり合うも他生の縁――といいます。縁とは出会いです。今が一番しあわせと感じている私です。

語り手として生きる

髙橋慶子
卵管がん
一九五〇年生まれ
（札幌）

私は、9年前に、数少ないといわれる卵管がんの診断を受けました。道立保健所に勤務していて、新しい部署に異動して間もない頃、突然血尿が出ました。便器が真っ赤に染まったことに驚き、すぐに泌尿器科に行きました。詳しく検査をしても異常がありません。勧められて婦人科を受診しましたが、ここでも異常がないと言われました。しかし、お腹の中からノックして教えてくれているという感覚が続いたので、再び受診して、「やっぱりおかしいと思います」と相談しました。

初めての受診から1年2カ月後、病理検査で卵管がんⅠc期、と告知を受けました。そのとき、私の頭の中では、こんなやりとりがありました。「先生は、私ががんだと言っているようだ。

え、私が？　夢じゃないよね」。まるで映画の映像を見ているような、自分ごとには思えない感覚になっていました。短期も含め7回入院し、計4回の手術を受けました。

最初の手術後、「卵管の先は閉じているけれど、腹腔内にがん細胞が広がっている可能性を否定できない」という説明を受けました。卵巣がんと同じ抗がん剤治療が必要であるとのことでした。セカンドオピニオンを希望し、最初の6クールの方針から、最低回数の3クールになりました。

2回の開腹手術後は、お腹からの体液浸出が長く続きました。管が抜けてすぐに、2種類の抗がん剤治療が始まりました。前もって薬の説明をしてもらえると聞いていましたが、呼ばれてすぐ夕方から開始と言われてとても驚きました。その日、職場に提出しなければならない書類の期限も重なり、ずいぶん慌ててしまい、思わず口の中をかんでしまったために、治療前に傷ができてしまったことを思い出します。

＊

体への負担はとても大きいものでした。次々に現れるいろいろな副作用とそのための薬や受診、目の前のエレベーターに行くのもやっとの体の状態に、疲労も増すばかりで、24時間緊急体制の現場に戻る気力も体力もわきませんでした。

2人の子供は当時、大学生でした。一人は「お母さん、死んじゃう」と、生理も止まり大変なショックを受けていました。もう一人も同じで、勉強も大変な時期でした。夫の周りでは、同僚や上司の方がいろいろな部位のがんで亡くなっていました。家族を不安にはさせられないと思いました。とっさに、「お母さんは死なない、大丈夫」と子供たちに言いました。この約束が、私にその後の回復への決意を固めさせてくれました。

それからは、良いと思うことをなんでもしました。診断から1カ月くらいのときに子供が描いてくれた私の似顔絵を病室に置いて心の支えにしました。1年半くらい後に友人が描いてくれた肖像画も、いつも初心を思い出させてくれて心の支えになりました。

しかし、5年生存率がある程度高くても、死の感覚は常に私の隣に居続け、数年の間続きました。抗がん剤治療が終わってからも、どんどん痩せていきます。診断前から見ると、10キロ以上体重が減り、洋服はMサイズがSSサイズになりました。少し食べるのもやっとのため、点滴や経口栄養剤を使用しながら、回復を願って過ごしました。見通しがはっきりしなくても、希望を失わないということを心のよりどころにしていました。

自分自身を振り返る機会もありました。ある日、自分の体に無理をさせてきたことに気付き、心からすまないという気持ちが湧いてきました。こんなに涙がたまっていたのかと思うくらい泣き続けました。周りで見守ってくれていた友人たちが、もらい泣きしたと後でそっと教えてくれました。

このような私の回復を支えてくれたのは、家族がいてくれたことと、専門医の先生を中心に、セラピストや音楽療法の先生、患者会関係の方々が、私の回復チームになってくださったことです。ただひたすらに元気になりたい。願いはそれだけでした。

＊

1年を過ぎた頃、復職したいという気持ちが出てきました。「私ならではの何かできることがあるかもしれない」と思うようになりました。諦めるのではなく、可能性を信じ、前に進んでいこうと思いました。簡単な道のりではありませんでしたが、正式な手続きを経て、2年後復職できました。

復職後、来週から1日勤務になるというときに、手術の後遺症である続発性リンパ浮腫の悪化が分かりました。主治医やリンパセラピストに指導を受けていたので、日々の行動には気を付けていましたが、通勤時間の負担も大きかったのではないかと思います。自分でもショックでしたが、主治医の療養指導を受け、急ぎ職場に報告・相談しました。

そのようにして復職できたときは、感動で胸がいっぱいになりました。夢にまで見た職場の風景、懐かしい事務机とスチール製の椅子の感触。初日には、気に入った椅子用座布団を買って持っていきました。同僚の人たちとの何気ない会話、窓口に来られた住民の喜んでくださる顔、これらのことが私に生きているということを改めて実感させてくれました。

その後、数年ぶりにパーマをかける日がきたときは、一人の女性としてうれしかったです。ほとんどの髪が抜け、生え始めたのは、赤ちゃんのようにウェーブがかかって細くて色も薄い髪の毛でした。この新しい髪に負担をかけないように、パーマを控えてきました。毛髪がしっかりしてきたのを、なじみの美容師さんと確かめながら、どんなデザインにしようかと相談しました。

2015年には、抗がん剤用のポートを抜くことができました。丸6年間、生理食塩水を通すために病院に通っていたのです。「長い間、体内に埋め込んでいるので、抜くときトラブルがあるかもしれない」と聞いていました。そのため、再び手術台に上がる恐怖心は拭えませんでしたが、相談したどの先生もしっかりサポートしてくれました。無事成功したときの喜びはこの上もないものでした。

＊

2016年1月には、がんの語り手ボランティアに応募して、1期生になりました。子供たちへの語り手になりたいという思いからです。さかのぼりますが、子供が小学生のとき、クラスメートが白血病で亡くなりました。命日のお参りに、毎年、そのクラスメートの実家を訪問する子供の姿を見続けてきました。病気ではない私の家族の行動を通して、私も子供たちとの関わりを大切にさせていただきたいと思うようになりました。自分の親や友達を亡くした子供さんやその友達は、未来に生きる大切な次世代の宝だと思います。自分の体験から「生きる力と命」について少しでも考えてもらえたらいいなと思いました。

つらいこと、不安なこと、理解できないこともありました。しかし、たくさんの出来事はたくさんの学びとなり、感謝の気持ちにつながっていきます。

がんは、再発転移があるということが特徴といわれます。これからも、安心し過ぎず心配し過ぎず、人生で起きる時々の課題に、仲間の方々と助け合いながら、歩んでいきたいと思う今日この頃です。

「ふつうに生きて笑う日々がいとおしい」。私の同級生からもらった絵手紙の言葉です。別な同級生は、患者会での交流をすすめてくれました。今、私がここに在るのは、こうした多くの心温かき人たちに見守り支えていただいたからです。

「和顔愛語」の暮らしを

藤島慧子
悪性リンパ腫
一九四三年生まれ
（苫小牧）

私の家族は夫と2人の娘です。長女はベトナムで日本語教師として働いています。次女は白老町で自営業の婿の仕事を手伝っています。夫は教員を定年退職し、趣味のスキーを続けています。

私は看護師として公立病院に25年間勤め、早期退職をしました。老後の楽しみに始めた着物の着付けで講師になり、美容師の免許も取って、忙しくも楽しい日々を過ごしてきました。

*

2014年7月初旬、左耳下に小指の頭ほどのしこりを見つけました。痛みはありませんでしたが、悪性かもしれないと思い、市内の形成外科を受診したところ、エコー検査で「耳下腺液の流れは悪いが悪性像はない。市内の耳鼻科でいいです」と言われたので、通院していた耳鼻科を受診しました。そこでも同じ結果だったので、様子を見ることになりました。しこりは徐々に大きくなって親指頭大になり、痛みが出て、開口しにくくなってきました。

9月、通院先で苫小牧の総合病院を紹介され、エコー、MRI、組織検査を行った上で、悪性腫瘍らしいと診断されました。苫小牧では手術できないとのことだったので、札幌の総合病院を紹介され、空床待ちとなりました。この間にも腫瘍は指3本分ほどの大きさとなり、口は人差し指が1本入る程度にしか開かなくなりました。痛みが強くなってきたため、麻薬が処方されました。

＊

10月13日に入院し、15日に左耳下腺腫瘍摘出手術が予定されました。手術当日、夫と次女が付き添ってくれ、長女も休暇を取りベトナムから千羽鶴を抱えて駆けつけてくれました。この千羽鶴は、日本語講座を受けているベトナム人の生徒さんたちが私のために折ってくれたものだそうです。それを聞いて私は気持ちが安らぎ、元気になって彼らにお礼を言いに行きたいと思いました。私は3人の家族にあてて、今まで生きてきて本当に楽しかった、ありがとうという内容の手紙を書き、手術室に入る直前に渡しました。

当初は朝9時に入室し、手術終了は次の日になると説明されていました。しかし、私が目覚めたのは当日の午後3時でした。「ああ、手遅れで閉じただけだったのだな」と思いましたが、実際には「術中たくさんの場所から組織を取って調べたが、どれも悪性リンパ腫の所見だったので、左頚部《けいぶ》リンパ節の郭清《かくせい》だけをして閉じた」と言われました。「悪性リンパ腫には抗がん剤が効果があるので、傷が閉じたら血液内科に移り、治療を受けてください」とのことでした。そして検査の結果、病名は「びまん性大細胞型B細胞リンパ腫」と確定しました。

一日も早く治療を受けたかったので、札幌の血液内科のある病院に転院しました。腫瘍は握り拳大となり、コンクリートが入っているかのような硬さで、痛みが強く麻薬の効果もありませんでした。口は数ミリほどしか開かなくなり、スプーンを横にしてお粥を流し込む食べ方しかできない状態でした。すぐにCT、PET、骨髄穿刺《せんし》が行われました。その結果、左頚部腫瘍は巨大ですが骨髄に転移がないのでステージⅠと診断されました。

*

1回目の化学療法が始まり、数種類の抗がん剤を組み合わせた治療を終えると、左頸部の腫瘍が少し小さくなり、口も1センチくらい開くようになっていました。しかし痛みはまだ強く、麻薬使用は続きました。1週間を過ぎると腫瘍はさらに小さくなり、医師が毎日触れて確認して「効いているね」と言ってくださり、痛みも次第に軽くなって麻薬も使用しなくてよくなりました。

7回目の治療が終わって、腫瘍は親指頭大くらいになり、硬さもなく、口もあくびができるくらいまで開くようになりました。「抗がん剤は骨髄作用の限界まで使用しました」と医師に告げられました。

*

看護師をしていたとき、抗がん剤を患者さんに注射していました。薬効があり、がんは小さくなるのですが、感染により多くの患者さんが亡くなっていきました。白血球を増やす注射もなかったのです。でもその方たちがいたから、今ではこうして研究が進み、新しい治療薬が作られ、私たちは恩恵を受けることができます。

1回目の点滴中に吐き気が出たので、注射をしてもらいました。副作用として吐き気や、白血球減少に悩まされました。ダメージを受けた肝臓のための点滴も始まりました。何とも言えない倦怠感、脱力感に襲われ、ベッドから起き上がれない日が続きました。

＊

脱毛も始まりました。洗髪すると一握り分が抜けるのです。浴室では同じ治療を受けている者同士、脱毛が多いとか少ないとか言いながら仲良くなって、3人の大切な友人ができました。両手の指先にもしびれが出てきました。両足の爪先にも出始め、やがて両肘まで上って、足の方はふくらはぎの中ほどまで上ってきました。

他にも腹痛が続いたり、下痢になったり、熱が出たり、口内炎になったりしましたが、いずれも対症療法で良くなりました。これらの副作用は原因が分かっているので「必ず良くなりますよ」「時間がかかりますよ」と医師や看護師から声をかけられ、ありがたかったです。しかし、分かってはいてもあまりにつらいときもあります。そういうとき、夫に弱音を吐くと、「がんと薬が戦っているんだ。副作用が強いということは薬が効いている証拠だろう」と励ましてくれたので、一度沈んだ気持ちも少しずつ立ち直りました。

腫瘍は消失しましたが、巨大だったため、放射線治療をすることになりました。照射部位は左頸部で、顔面保護のためシェルと呼ばれるお面を付けて治療を受けました。照射時間は数分間ですが、軽いやけど状態で、熱感、発赤、ヒリヒリ感があり、衣服に触れるたびに痛く、襟のあるものは着られなくなりました。少しずつ生えてきていた頭髪が脱毛しました。

＊

7カ月を超える入院生活を終えて、「一応寛解です」と退院が許可されました。「ただし、50％の再発率ですから月1回で通院し血液検査を受けるように」と言われました。エコー検査、CT検査で今のところ異常なく経過しています。

この入院生活で私は何ができるだろうかと考えました。治療は全て医師と看護師に任せて、自分のためだけにあるこの24時間を有効に使いたいと思ったのです。仕事を持ち、子育てや義父母の世話があったときには自分の時間を自由に持つことができませんでした。今このときにしかできないことをしようと思いました。

まずは食事を残さず食べることと、左手の運動をすることから始めました。自分で考えたリハビリ体操を少しずつ行っていくことにしたのです。また、スクワット、廊下歩行、階段の上り下りをほぼ毎日時間を決めて行いました。これを機に運動する習慣が付いたのはとてもうれしいことです。

　中断していたドイツ語の勉強も再開しました。

　入院時には茶道の道具を持っていき、友人や看護師さんにお抹茶を点ててごちそうして喜んでもらえたことも、元気を取り戻すことにつながりました。着付けを教えている生徒さんから「帰ってくるのを待っています」と言って送り出されたことや、たくさんの友人や親戚が見舞ってくれたことも大きな励みとなりました。家事をほとんどしたことがない夫にとって、7カ月に渡る留守番は大変だったと思いますが、嫌な顔一つせずに週1度は見舞ってくれました。娘夫婦も毎週訪れてくれました。

　この病気をしたことで、たくさんの人に親切にしてもらい、家族の愛が大きな生きる力となりました。毎日忙しく、あまり深く考えることなく生きてきましたが、ゆっくりする時間を与えられたことで、これからどう生きていくか、どのように死と向き合うか考えさせられました。答えは出ていませんが、今日一日、今生きていられることが幸せで、何一つの不満もありません。全てのことに感謝して、ありがとうの言葉をたくさん言って、「和顔愛語」の暮らしをしていこうと思っています。

ケアラーそしてサバイバー

古城 剛
大腸がん
一九五九年生まれ（帯広）

1991年4月、当時1歳5カ月の長男に神経芽《しんけいが》細胞腫《さいぼうしゅ》という「小児がん」が見つかったのが私の「がん」との出合いでした。

最初に受診した帯広の総合病院の医師から「明日すぐに札幌の総合病院へ行くように」と言われ、頭の中が真っ白になり、時が止まったように感じました。いたたまれずにその夜に連絡をした唯一無二の友人が駆けつけてくれ励ましてくれたことは今でも忘れられません。

翌日、札幌の病院に着くと、全道から来ている病気を抱える多くの子供たちに驚き、言いようのない切なさを感じました。「なぜ自分の子ががんに……」という怒りと「絶対に治る」という希望を抱えながらの2年間という短い療養期間でしたが、担当医師、看護師たちの献身的な姿勢、看護学生の前向きな姿、多くの家族との交流で、つらい介護と最後の看取りまでを乗り越えることができたように思います。

＊

悪いことは重なり、時期を同じくして実父（当時60歳）の脳出血の後遺症による介護が帯広で始まりました。

毎週のように長男の見舞いに長女と札幌へ出向き、付き添っている妻を励まし、短い時間を家族4人で過ごし、自宅に帰ってからは父の介護、と慌ただしい時が流れました。2008年には母が認知症を発症し、その間に自分の介護離職、介護鬱《うつ》などを経験し、2013年7月に父が他界、その後は母の認知症の介護が現在も続いています。

介護と看病の日々でしたが、そんな中「介護って？」「人を支えるとは？」「生きるとは？」など多くの疑問が頭を駆け巡り、行政の福祉担当者や多くの介護施設職員、地域包括支援センターなどを訪れては疑問をぶつけました。さらにボランティアとして介護に悩む人たちの声を聞き、対人援助を学ぶために福祉の教室にも通いました。

そこで印象的だったのは現場経験の豊富な講師が話した「知識は本で学べますが大切なのは

心です」との言葉でした。私がやっていた介護は介護される側の気持ちを理解してなかったように思います。

介護福祉士を目指し介護の現場に就いて3年を迎えようとした2016年2月に、自分自身が「がん」を発病しました。

*

私の働いている介護の現場は、高齢者のための施設です。2016年2月の初めは帯広でもインフルエンザがはやり始め、私も38度の熱が出て、利用者に移してはいけないと早めにかかりつけの内科医院を受診しました。幸いインフルエンザではないという診断に安心しましたが、4日が過ぎても熱が下がらないので不安になり、妻の勧めもあり別の内科医院を受診しました。

5日経っても熱が下がらない私に医師は「おかしいなぁ」。その日のうちに意を決して総合病院を受診したのです。まだそのときは自分が「がん」に侵されているなどとはみじんも感じていませんでした。受診した病院では発熱の原因を探るため多くの検査を行い、胃カメラが終わり大腸カメラを行ったそのとき、内視鏡を操作する医師の口から「これは大きいなぁ！　8割悪性だ！」という言葉がベッドに寝ている自分の耳にも聞こえてきました。しかし、そのときはまだ他人事のように思えてなりませんでした。

＊

診断を待つ1週間、「がんかな？　いや違うよな？」と自問自答を繰り返し、とても長く感じ、かなり精神的に落ち込んでいました。

妻と二人で検査結果を聞きに行くと、大腸がんで肝臓に転移し、余命は半年から10カ月くらいと告げられました。私自身は驚くほど冷静にその医師の言葉に耳を傾けていましたが、頭の中では「そうか、あと半年か。父さんのように長い間の介護はみんなに負担かけるな」などと家族への精神面、経済面の負担のことを考えていました。

また、「母さんより先に逝ってしまった後はどうしよう」と残されるかもしれない母の介護の心配もしていました。残される家族の心配をすることで自分が「がん」と向き合い「生きる」ということから逃げていたのかもしれません。

医師から余命を告げられたとき、妻は表情を変えずにただじっと医師の言葉を聞き、現実を受け止めようとしていたように思います。ただ何も語らない妻の気持ちを思うと心の中で詫びるしかありませんでした。

＊

消化器内科の医師から「このままにしておくと腸閉塞になる」と言われました。その言葉に、義父が腸閉塞で苦しんだことを思い出し、手術を決断しました。おかしなことに「がん」より腸閉塞による痛みを心配していた自分がそこにいて、これまた今思えば「がん」から逃げていたのかもしれません。

翌週に面談した外科の医師は患者に寄り添うタイプの人で、手術の方法、その後の治療方法、生存率などを分かりやすく説明してくれました。また、私の「がん」に対する治療の考え方、抱えている問題などを聞いていただき、やっと、この時「がんと向き合う」という気持ちになることができ、安心して手術を任せることができました。

医師によってこんなにも対応が違うのだということもこのとき知りました。自分の対人援助の仕事でも「自分は利用者に安心を与えていただろうか」と考え、気を付けなければいけないと感じたことを今でも思い出します。

２０１６年４月と６月、２度の手術は腹腔鏡手術で行いました。いずれも２週間弱の入院期間で済み、大きな体力の低下もなく早期の退院ができて、家族とともに過ごせたことは医師、病院スタッフにとても感謝しています。

入院中は頻繁に緩和ケア担当の看護師が来てくれました。頻繁に来るのは「進行がんだからかな？」などと、まだその頃は緩和ケアをよく知らない自分が今思えば恥ずかしく思います。緩和ケアは治療開始とともに患者に寄り添い、精神面を支える大事なサポートです。このケアで患者は心身ともに「がん」と向き合える状態が作られるのだと強く感じました。

また、このときに病院内に「がん患者サロン」があることを知り参加しました。そこに集まる人たちの悩みを聞いて自分の孤独感がやわらぎ、それとともに「この問題が少しでも改善されないものだろうか？」という思いがわいてきて支援会を立ち上げる気持ちが芽生えてきました。

＊

日常の生活は当然、元の生活というわけにはいきません。大腸を25センチと、リンパ節、肝臓の一部を切除しているので、まずは体力の回復、食事の見直し、精神的安定を試みました。食欲の減退、排便の苦労、息苦しさ、不眠などが半年過ぎてもなかなか改善されません。現在は4時間行動すると2時間横になるというリズムで日々を過ごしていますが、早期社会復帰を望んでいる自分にとって現実は厳しいものに思えます。

＊

がんの地域拠点病院の「がん患者サロン」に患者としてたずさわることで、多くのがん患者が感じる不安、痛み、孤独感、経済問題や対人関係の悩みへの声を直接聞き共有することができます。

そうした参加者たちの声を「患者自身」として行政や各企業、個人へ会報やSNSを通じての発信をすることで多くの支援が受けられるでしょう。さらに早期に受診を促すことで私のような進行がんにならずに済むような啓発もできればと思っています。

本来、人は人によって癒されるもの、最後は人の力が必要になるはずです。「がん」という病気になり、感謝を忘れずに生きていこうと思うようになりました。同じ病気に苦しむ人が、少しでも苦痛がなくなり、快方に向かってほしいと思っています。

早期発見で良かった――私の3回の経験

時田悦子
大腸がん、子宮体がん、腎臓がん
一九四八年生まれ（札幌）

私は今までに3つのがんを経験しました。
いずれも早期のうちでしたので、内視鏡や手術で取り除いていただきました。

＊

大腸がん検診を受けたきっかけは、ある新聞の記事でした。今から27年前の1990年のことです。それまで胃や婦人科の検診は受けていましたが、大腸は受けたことがありませんでした。「もしも両親が大腸がんで、子供が3人いたら1人は大腸がんになると思われるので、検診を受けたほうがよい」と記事にありました。私の両親はともに大腸がんでした。近くの病院で検査を受け「小さなポリープがあったけれど、まあ10年くらいは受けなくてもいいよ」と言われました。

それから半年後、読んだ新聞記事に「水洗トイレの普及で排せつしたものがよく見えます。時にはよく観察してみるのがよいでしょう」とあり、すぐに実行してみました。すると便の表面に粘膜のようなものと血液が一筋ついているのを見つけました。何だか悪い予感がしました。近くの肛門科の病院では「異常ありません」と言われましたが不安は残りました。

小樽に住んでいた友人の所に5歳の子の手を引いて相談に行きました。「どこの病院に行ったらよいかと思って」。「自分が納得する所に行ったらいいよ」とのアドバイス。「そうだ、私はがんを心配しているのだからがん専門病院に行こう」と受診を決めました。

検査の結果は、「良性か悪性かどちらとも言えないものがあり、1年くらいのうちに取ったほうがよい。2、3日入院が必要」とのことでした。が、子供たちのことが気がかりでした。当時、私は40代前半。子供たちは、幼稚園・小学生・中学生。子育て真最中の時です。実家は離れているので簡単に応援は頼めません。夫に「早く取ったほうがよい」と背中を押され、夏休みに入院し手術を受けました。病理検査の結果を見た先生は「ポリープの一部ががん化していました。命拾いをしましたね。この段階で見つかったのは奇跡です」。日頃から気を付けていたので、先生からは「あなたの神経質が自分の命を救ったのですよ。これからも定期検査をしていきましょう」と言われました。その後大腸には異常は見つかっておりません。

*

二つ目は子宮体がんです。2013年の8月、私が65歳の時です。子宮体がん検査も定期的に受けていたのですが、不正出血があり、かかりつけの婦人科を訪ねました。検査の結果、「残念なことに悪いものが見つかりました」と言われました。思いがけない言葉にショックを受けました。

私はある医療ボランティア団体に入っていますが、そこの代表者に話し、早々に手術を受けることにしました。幸いごく早期で、大きさはマッチ棒の頭くらいということでしたが、子宮全摘となりました。その後は定期的に血液検査やCT検査、PET検査も受けました。

そして2016年4月、婦人科の定期検査の折、今度は「腎臓に何か気になるものがありますので、泌尿器科の受診をお勧めします」と言われました。新しく着任された先生が、私の検査データを数年前にさかのぼって見て、異常に気付いたとのことでした。

泌尿器科で詳しく検査をしたところ、右腎臓の下部に2センチほどの悪性と思わるものがあると手術を勧められ、大きさ、発見箇所から部分切除で腎臓は残していただくことができました。今はすっかり回復し、日常生活にも支障なく過ごしております。

*

こうして、私は3つのがんを告げられましたが、幸いにも早期発見だったお陰で、抗がん剤治療や放射線治療にまで至らずに済んでおります。早期に見つけられたことに感謝しております。

最初の大腸がんの時は子供が幼く、両親や姉妹にも心配をかけたくないと病気のことは言わずにいましたが、不安は強かったのです。「寒風吹きすさぶ丘の上に一人たたずむような寂寥感」がありました。夫も単身赴任中でした。2度目、3度目は子供たちも大きくなっていたのでオープンにしました。「誰かに話すとよかったね」とのお医者さまのアドバイスが心に残っていたので話しました。自分の状況を分かってもらっているということで心強かったです。誰かに話して、自分の苦しさやつらさを分かってもらうことの大切さを改めて知りました。家族や友人たちに支えられたのが大きな励みでした。

ただ一つ残念に思うことは、2年前に67歳で肺がんで亡くなった夫のことです。定期的な健康診断やがん検診は受けていましたが、自覚症状が出て受診した時には、既にステージⅣの末期状態でした。病気が分かって半年の命でした。医療ボランティア団体に参加していましたが、うまく生かすことができませんでした。早期のうちに見つけられるよう受診を促すことができなくて悔しい気持ちでした。

今振り返って思うことは、第一に定期検診の大切さです。繰り返し検査を受けているうちに、新たながんを早期のうちに見つけることができました。二つ目は人と人とのつながりの大事さを感じました。家族、友人たちに支えられ励まされて乗り越えてこられました。

そして三つ目は良き医療者との出会いです。いつもよく話を聞いてくださり、検診や治療に当たってくださっています。本当に感謝の気持ちでいっぱいです。

私の体験が1人でも2人でも、がんの早期発見のお役に立てていただければと願っております。

Ⅳ　再発・転移を乗り越えて

転移、転移、また転移

江藤千香子
卵巣がん
一九五〇年生まれ（札幌）

12年前、2人の子供も巣立ち、愛猫と遊び、四季を通じて花を育てるという、ごく普通のおばさんの生活を送っていました。

2004年5月、膀胱炎らしき症状が出て、かかりつけの医師のところに行きました。処方された薬を服用中のある日、下腹部に尋常ではない強い痛みが出ました。再度、医師のところに行き、診断の結果、総合病院を紹介されました。

最初は泌尿器科を受診しました。レントゲン検査の結果、「お腹の中じゅうできものだらけ。婦人科で受診してください」と言われました。「お腹の中にできもの？　どういうことなの」。婦人科の待ち時間は、不安でたまりませんでした。診察室で医師とともにレントゲン写真を見ると、大小の影が散らばり、腹水もたまっていました。医師に「卵巣がんです」と告知され、一瞬キョトンとしましたが、冷静に今後の方針を聴く自分もいました。入院日を決め、いったん帰宅。帰る途中の車窓の景色は色を失っていました。私は死を意識しました。

6月7日、私の誕生日に、卵巣摘出手術を受けました。「生まれた日が命日になるのかな〜」と冗談ぽく息子に言いました。検査の結果、ステージはⅢbでした。摘出した卵巣の重さは800グラムもあり、友人に「お肉にしたらすごい量だね」と言われ、主婦目線の感想に感心した私でした。この日から6年間にわたるがんとの闘いが始まりました。

＊

7月からの抗がん剤治療に向けて、長い髪を切り、治療に臨む決意をしました。治療が始まると嘔吐《おうと》、食欲不振、便秘などの副作用で苦しみました。脱毛もありました。洗髪中、排水口にたまった髪は墨汁を流したようで、それを見た私は思わず叫び声をあげました。

9月17日、リンパ節郭清《かくせい》。9時間に及ぶ手術でした。大腸も7センチ切除しました。何本も管をつけての数日間はとてもつらいものでした。1カ月後に退院し、11月から再び抗がん剤治療が始まりました。

2005年にも、抗がん剤治療で入退院を繰り返していました。モグラたたきゲームのように、たたいてもたたいてもがんは現れます。8月の治療の際には橋本病（慢性甲状腺炎）が見つかりました。この頃からがんの再発転移の可能性を示す腫瘍マーカーの値が上昇しました。「こんなに頑張っているのに」と思い、希望がしぼみ、心がきしみました。12月下旬、PET、CT検査。1度目の転移が見つかりました。場所は骨盤、膀胱、モリソン窩《か》（肝臓と腎臓の間にある腹膜）など翌年3月に手術することになりました。この時は知らなかったのですが、医師から5カ所で、「誕生日まではもたない」と家族には伝えられていました。

2006年3月10日、手術。4時間で終了しました。目覚めると看護師の喜びの声が聞こえました。幸運にも大腸にがんがなく、人工肛門をつける必要もありません。4千人に1人の奇跡と言われました。術後の痛みも忘れスキップしたいくらいうれしかったです。

4月から9月まで、月2回抗がん剤治療を続けました。その間入退院の繰り返しで、長く続くトンネルを独りぼっちで歩いている気がしました。

＊

11月、PET、CT検査。2度目の転移が見つかりました。モリソン窩です。放射線治療に決まりました。12月から2007年1月まで33回の照射です。風邪もひかず一度も休むことなく無事終了しました。医師は腸閉塞を心配しましたが、それもなく、軽い皮膚の炎症ですみました。

2月から10月まで月2回の抗がん剤治療を受けました。5月、治療中に、左太ももに剣山を当てられるような痛みを感じました。主治医に浮腫外来医院を紹介してもらいました。弾性ストッキングなど使用しての維持療法です。弾性ストッキングの着脱に、情けないくらいもたつきました。今は要領も分かり楽に着脱できます。6月に右鎖骨下にポートを挿入。治療から3年目で、注射針の痛みと恐怖から解放されました。

＊

12月に3度目の転移が見つかりました。肝臓でした。手術はできず、2008年2月から抗がん剤治療が始まりました。

2009年年明け、悲しい出来事がありました。私の退院を待つように、愛猫が遠い世界へ旅立ちました。外は大雪の日でした。深い喪失感で心が凍るようでした。この年も抗がん剤治療が続きました。マーカーが上昇し、7月から認可された新薬を使いました。副作用として口内炎、皮膚のただれがあり、寝ることもままなりませんでした。マーカーも下がらず、予定していた10月の治療は入院当日中止になりました。

11月の検査ではがんは見つからなかったもののマーカーは異常値でした。その状況で受診。主治医に「どうしますか？」と問われ、「治療を続けてください」と答えました。

2010年も毎月抗がん剤治療をしました。6月7日は私の誕生日、還暦を迎えての退院となりました。この日まで生きられると思っていなかったので、感激もひとしおでした。2カ月ごとの検診は、いつ腫瘍マーカーの値が上がるか分からない、薄い氷の上を歩くような気分でした。

現在までは4カ月ごとに検診です。

＊

今は腫瘍マーカーの値が落ち着いており、検査も異常なしです。

生活は元に戻ったようになりました。友達とランチをしたり、旅行に行ったり、花を育てて楽しく暮らすように心がけています。左足はむくんで今もパンパンです。QOL（生活の質）は低いですが、工夫しながら毎日を過ごしています。

これからも検診は続きます。受診日が近づくと心が震えます。逃げ出したい私がいます。そんな自分に「安心のための検査だよ」と言い聞かせます。

今まで多くの人に支えられ、今を生きています。感謝しています。長くつらい治療に耐えた、私の心と体に「ありがとう」と言いたいです。

これから私は、一人でも多くの人ががんの早期発見のために、今すぐできるがん検診を受けて「自分の体や生活、家族を守ってください」と伝え続けていきたいと思っています。

知ってほしい「リンパ浮腫」

戸ノ﨑聖子
乳がん
一九五五年生まれ
（札幌）

がんとのお付き合いは7年半に及んだ、と過去形で言い切りたい。私としては、さっさと手を切るつもりでいたが、向こうが私を離してくれなかった。それでもようやく、別れる方向に進みそうだ。そういう心境になっていたときに、偶然、がん体験記出版プロジェクトの新聞記事が目に入り、区切りをつける良い機会として自分の体験から一つだけ伝えたいと思った。まずは、がんとの出合いから振り返ってみる。

＊

寝返りしたときに右胸に違和感を覚えたものの、単なる乳腺症じゃないかと自分に思い込ませて放っておいた。もとより、自分は絶対にがんにはならないと信じていたし、かなり以前に読んだ本に従ってがん検診も受診したことがなかった。それでも、赤黒い血が乳頭からにじみ出てきたときにはさすがにまずいと思って乳腺外科に行った。触診ですぐに乳がんと宣告された。

そのときの思いは誰でもそうであるように、「なんで自分ががんに……。50代で死んでしまうのか。親より先に……」と頭の中で言いようのない不安がぐるぐると回った。手術前の検査や入院について説明されている間も、ただ黙ってうなずくだけだった。高齢の両親になんと話せばいいのか。年度初めの忙しい時期に仕事を休まなければならない。

まずは職場の上司に入院と手術の日程を伝え、病欠期間中の引き継ぎ担当者を決めてくれるようお願いした。入院3週間くらい前のことだ。しかし、1週間経っても10日過ぎても上司の指示がないままで、入院1週間前にやっと引き継ぎできることになった。そのときはもう毎日午後9時まで残業せざるを得なくなり、患部が炎症で赤く腫れて、血が流れ出るようになっていた。

思い切って両親には話したが、親しい友人たちには連絡する余裕もなく入院した。2009年4月、手術前夜に主治医から、患部の炎症がひどいため全摘手術を強く勧められた。しかし、再建手術が可能とはいえ、片方の胸がのっぺらぼうになる姿はどうしても耐え難く、温存手術をお願いした。それによって、放射線の照射量が増えると言われたが、それでもいいと思った。がん治療の知識はほとんどなく、入院前に情報を調べる時間も全くなかった状況で、ただ自分の思うがままに決断した。

*

手術は通常の倍くらいの時間がかかったらしい。がんが相当大きくなっていたようで、リンパ節に転移があり大きく切除した。ほかの入院患者が10日前後で退院できるのに、私は高熱を出し、MRSAに感染していることが分かった。個室に移されたこともあり入院中は社会から疎外されたような気持ちだったが、2週間してやっと退院できた。うれしかった。普通に暮らせることの大切さをしみじみと感じた。

退院後も仕事を続けながら、約4週間の放射線治療、そして分子標的薬治療を受けた。職場の同僚たちに助けられて本当にありがたかったが、精神的にはつらく重苦しいときだった。手術後の2年間ほどは乳がんに関する情報アンテナの感度が高まり、患者会や講演会の参加、情報収集はもちろんのこと、がんに効果的だという民間療法を受けたりさまざまなサプリメントを飲んだり、頭の中は常にがんのことでいっぱいだった。この頃はまだ自分の病気のことをためらいなく他人に話すことはできなかった。気持ちに踏ん切りがついたのは、分子標的薬治療が終了した頃だ。副作用で両手の爪が割れたり二枚爪になったりはしたが、肉体的なつらさがなかったのは幸いだった。

右腕を使うことには注意していたし、予防策として講習会で教わったマッサージをしていたにもかかわらず、恐れていたリンパ浮腫を発症してしまった。2011年夏、やっと海外旅行に行けるようになり、ドイツの有名な城を観光していたときに右手のふくらみに気付き、がくぜんとした。信じたくなかったが、リンパ浮腫と正式に診断され、1週間のリンパマッサージと圧迫包帯の治療を受けた。いったんリンパ浮腫を発症してしまうと、死ぬまで弾性スリーブとグローブを着用しなければならない。暗たんたる思いに沈んだ。慣れない最初の1年くらいは親指と人差し指の間が圧迫されてただれ、あまりの激痛に夜中に目を覚ますこともあった。

＊

最初の乳がん宣告、リンパ浮腫発症に続いて3度目の衝撃に襲われた。2013年3月、手術から4年も経たないうちに骨転移が見つかった。くしゃみをしたり咳《せき》が出ると、立っていられないほどの痛みが全身に走った。肋間神経痛であってほしいと思ったが、検査で右肋骨に2カ所、左胸に1カ所黒い影があった。最初のがん宣告も大きな衝撃だったが、再発はそれ以上だった。最初の頃はがん再発を防ぐという食事療法を守っていたが、「喉元過ぎれば熱さを忘れる」で、以前の生活に戻っていた。がんを忘れ、精神的な落ちつきを取り戻していたと言えるのだが、それも打ち砕かれた。

分子標的薬のほかに、骨転移を抑える薬の治療を受けた。副作用の可能性として、あごの骨が壊死することもあると聞いてゾッとしたことを覚えている。

この治療が続いていた頃に、父が脳梗塞で倒れて入院、退院後の介護施設入所などが重なり、時間的にも精神的にも全く余裕のない切羽詰まった日々を過ごした。

3年半、定期的に2種類の点滴を受けるため通院し、2016年8月にようやく主治医から治療はいったんお休みと告げられた。長かったという思いと解放感が込み上げてきた。

＊

今、私が伝えたいことは、がん手術の後遺症にもかかわらず、リンパ浮腫の認知度が低いことだ。専門的な外来病院は少なく、治療費用は公的医療保険の適用外である。私の場合は1

セット約4万円の弾性スリーブとグローブを、洗い替えを含めて2セット購入している。医療保険が適用されるのは半年に1回で、その金額にも上限があり、限度額を超えた分は自己負担となる。がん手術の後遺症であるのに、なぜ治療費に保険が適用されないのか、どうにも納得できない。

リンパ浮腫が一般にあまり知られていないことで、ときに説明を要することもある。利き手がスリーブとグローブで二重に覆われているために、細かい作業が苦手だ。例えば、買い物で釣り銭を受け取るときなどは後ろの人が気になり焦ってしまう。薄紙の書類を扱うのも手間取るし、クリップ止めを何十部もした後の数日間は右手に力が入らなくなる。いちいち説明するわけにもいかないが、力仕事だけではなく手先の作業も苦手であることが理解されるとうれしい。夏の盛りは蒸れるし、朝と就寝前のマッサージは旅行中でも何があってもしなければならない。子宮がん患者の脚のリンパ浮腫も大変だということは新聞記事などで読んだが、本当につらいだろうと思う。

＊

それまでがん検診は一度も受けてこなかった。しかし乳がん検診を定期的に受け、早期に発見されていたら、もしかしたらリンパ節転移はなかったかもしれない、リンパ浮腫にもなっていなかったのではないか、と思う。手術や抗がん剤、がん検診に否定的な医師の著書の内容に納得できる部分は多いのだが、素人である自分が果たして正確に理解できているのかどうか。がん治療に関する情報収集と判断は、自己責任の範ちゅうであるが、リンパ浮腫で一生、右手が不自由なままである現実にやり切れない思いは残る。

箸より重いものを持たない、白くふっくらとした赤ちゃんのような右手と、代わりに酷使されているおばあさんのような左手を比べて見る。がん治療の研究開発は著しい速さで進んでいるのだから、リンパ浮腫についても、装具を着けなくてもすむような治療方法が開発されることを切に願うばかりだ。

民謡と短歌に励まされ

山中弘子
甲状腺がん、乳がん
一九三九年生まれ
（札幌）

1982年7月、43歳の時でした。初めてのがんとなった甲状腺悪性腫瘍の診断を受けたのは。

当時の私は、ある会社の独身寮の管理人をしていました。仕事の傍ら趣味で民謡を楽しんでいて、大会前に喉の調子が悪く少しでも楽に声を出せないものか……と、耳鼻咽喉科を受診したのでしたが、特に原因も分からず、「病院へ来たついでだもの、肺のほうも診てもらったら」との医師の勧めで、「どうせ仕事を休んで来たのだし」と、内科も受診しました。

その時の先生が甲状腺治療に詳しい方で触診だけで異常を指摘し、「精密検査を」と言われました。当の私は民謡で声が出づらいというだけで痛いわけでも苦しいわけでもないのだから

「なぜ検査を」と思いましたが、「難しい病気ほど自覚症状の現れるのが遅いものだ」と聞いていたことを思い出して検査を受けました。

そして、その結果が「甲状腺悪性腫瘍」との診断でした。こうなっては、もう民謡大会どころではありません。私は執刀医に聞きました。「いま処置を受けなければどうなりますか?」と。「そうだな、長くて2年でしょう」と即座に答えが返ってきました。娘は当時、まだ高校2年生でした。娘を思えば無責任に病気から逃げ出し、自分だけが楽になるわけにもゆかず、腹をくくって手術を受けるより仕方がありませんでした。命がけで守らねばならない子供がいなかったなら、私はきっとがんとは闘わずあの時点で人生に終止符を打っていただろう……と今は思います。

なぜなら私の体はすでに傷だらけだったからです。中学2年生の秋のことでした。すでに手遅れとなり破裂してお腹の中が膿でいっぱいになっていた、そんな虫垂炎の手術から始まり、お腹だけで5回、その後は結核性のリンパ腺炎で左首と右脇下にメスが入っていました。そして次はがんに捕らえられたのです。甲状腺がんでは3回の手術をして、2006年に見つかった乳がんの手術まで含めると、私の体には実に12回のメスが入っています。

甲状腺がんが見つかった時、「もう手術はこりごり、真っ平ごめん」という気持ちでしたが、娘を思えば現実逃避など許されるわけがありませんでした。

*

右側甲状腺の部分切除手術、その後の再手術で右の甲状腺を失いました。再手術の時、なぜか声が出なくなる予感があり、筆談用の準備をして入院したのでした。手術が終わり麻酔から覚めてみるとやはり声は失われていましたが、「命を残すための手術だったのだから」と割り切っていた私は気持ちはサバサバとしていました。それなのに、夢の中で江差追分を歌っていたのです。伸びやかな声も出ていて夢の中ながらうれしかった。

夢にゐて我堂々と歌ひたり江差追分声涸れもせで

その夢を見て目覚めた時、手術以来初めて涙がこぼれました。「あぁ、この先、何年生きるのか分からないけれど、生きている限り私は歌うどころか普通に話す声さえもない人生なんだなぁ」と、しみじみ寂しさを覚えました。

退院後、買い物をするにしても声の出ない私は店員さんの肩をたたいて振り向いてくれたところですかさず目指す品物を指差し、分かってもらうのでした。寮生への電話の取り次ぎも2

階の部屋まで駆け上がり伝えなければなりません。後で回復したとはいえ、声が出ないということは何とも寂しく、そして不便なものでした。

その3年後の1985年には左の甲状腺を失いました。

執刀医から、「甲状腺がんは他の臓器にできたがんと違って20年経っても再発はあり得るんだよ」と言われていたのでいつも覚悟を持って生きてはきました。

＊

2006年の春、私はふと思ったものです。「言われていた20年も過ぎたことだし、うっとうしい再発とか転移からもしかして解放してもらえたのかも」と。

しかし、その思いは打ち砕かれました。数カ月後、何気なく触れた自分の右胸にデコデコとした感触で2つのしこりがあるのを発見したのです。

何物の棲みつきをるや右胸の不気味に触るる二つの痼

「まさか」と思いながら数日後に病院で検査を受けました。結果は「乳がんです」とのありがたくない宣告！「何たることでしょう！　運のない私の人生はどこまで行っても病からは逃れられないようにできているのか、何の因果か」と落ち込みました。でも自分の病気は自身で引き受け闘ってゆくより仕方がない。誰かに手伝ってもらうわけにも、ましてや半分もらってもらうわけにもいかない。肝を据えて病と向き合い生きてゆくより仕方がないと思い定めました。

9月8日、覚悟を決めて札幌の総合病院で右乳房全摘出手術を受け、今回の執刀医に聞いてみました。「やっぱり再発なのでしょうか？」と。すると医師は「甲状腺と乳房を形成する物質は同質なので、再発か新たに発症したものなのかは分かりません」と。その言葉を聞きながらかつて娘と2人、心もとない暮らしの中で管理人の職を失い、途方に暮れたことなどを思い出しました。

でも、あの頃、民謡を歌っていなければ、「声が出ない」と病院へ行くことは考えられませんでした。民謡のおかげで手遅れとなる前にがんを見つけてもらえたのだと今は感謝感謝です。

娘の結婚、そして2人の孫の誕生などうれしいこともありました。孫たちとの楽しいひとときを思えば、病との闘いも「何のその」という感じで頑張れたし、生きてこられたのでした。それを思えば乳がんの時は、もう私の手元を離れて自分の家庭を築いている娘の行く末は案じることもなく安心していられるのだから、と気持ちも楽に持てました。手術など本当は望んでいなかった私でしたが、娘の悲しげな表情を見せられると、「あぁ、何歳になろうとも子供は親を卒業させてはくれないものなんだなぁ」と思い、結局手術を受けたのでした。

分かたふ血持たねど愛し娘と孫の在る我ゆえに生きねばならぬ

手術後、がんの完全消滅を目指すための抗がん剤の使用を勧められましたがお断りしました。抗がん剤は正常な細胞にもダメージを与えるものなのだから、何度もメスの入った体ではどう考えても良い結果が得られるとは思えなかったからです。

＊

がんとはやっかいな病気です。捕えられたが最後、相当の覚悟を持って向き合うしかありません。この先、体のどの場所にヒョッコリと新たな芽を出すか分かりません。でも、恐れおののきながら暗い顔をして生きるより、少しでも楽しいことを見つけながら自然体で今日一日、せめて心だけは元気で生きていたいものです。

右乳房全摘出手術から1年も経たないうちに右首のリンパ腺に転移が見つかりました。医師からは手術を勧められましたが辞退しました。放射線治療も含めて「今はもう何もしてほしくない」のが正直な気持ちでした。ただただ自然のままに生きて自然のままに終わりたい……。今の私は痛むところは何カ所もありますが、それなりに元気です。他人さまの手をわずらわすこともなく趣味のカラオケや民謡、それに短歌の仲間と楽しむために出歩いています。「今日を一日、今日も一日……」と、呪文のように心で唱えながら。

死ぬる迄は心元気で在りたしと己に課しつ歌口づさむ

V　がんとともに生きるということ

走って、笑って、前向きに

堀越令子
卵巣がん
一九六四年生まれ（札幌）

人を笑わせることが大好きで、性格も顔も父とそっくりな私。その父を55歳の若さで肝臓がんで亡くしてからは、つらいときこそ楽しいことを考えて笑い飛ばそうと思うようになりました。

1998年から当時珍しかったマラソンを始め、日本各地の大会に出るようになりました。春から秋まで毎日2時間豊平川のサイクリングロードを走り、風邪や体調の悪さも走れば治る、というスポーツウーマンになりました。体脂肪率は1桁でした。

2013年も、出場して10年目になる一番好きな大会「北海道マラソン」に申し込みましたが、その2週間後に、がんが見つかってしまいました。

きっかけは頻尿でした。マラソン大会中にもトイレに行ってしまうことが悩みでしたが、病院嫌いの私はその症状を数年間放っていました。それがある日突然「病院に行かなくちゃ！」と思ったのです。その日は、子どものいない私と夫にとって一人息子のような存在だった愛犬テツの1周忌の日でした。テツが病気を教えてくれたのです。

泌尿器科の病院ではほんの少し血尿が出ていることが分かり、経過観察を続けました。その後のエコー検査で、下腹部に15センチ大の腫瘍が見つかりました。CT写真ではお腹いっぱいに腫瘍が……。

4月30日、大学病院へ。その場で医師から、「右側が卵巣腫瘍で、かなり悪性に近い。両方の卵巣と子宮を全摘し、リンパ節も取って、胃の下にある大網という膜も取ります。入退院を繰り返しながら抗がん剤を投与するので、治療は夏までかかります」と言われ、自分のことよりも高齢の母や家族に心配をかけてしまうことが気がかりでした。

「8月25日の北海道マラソンは走れますよね？」と聞くと、「無理だね……。仕事は休めますか？」と聞かれたので、「はい！　この日のために一生懸命働いてきました！」とここぞとばかりに元気よく答えました。すると医師が優しく笑ってくださったので、一気にファンになってしまいました。

しかし、5月22日に入院、24日に手術……と目の前で日程がどんどん決まっていき、渡された手術依頼書に書かれていた「卵巣悪性腫瘍」の文字を見て、「あー、もう決まりなんだ」と初めてがく然としたのでした。

*

宣告を受けたその日はかなり落ち込んでいましたが、翌日、昼ごはんを作っていたときにハッとしました。

55歳で亡くなった父は最期に吐血し「チクショー！」と一言叫んで死んでいきました。その父の無念に気付き、「闘う前から負けることばかり考えてどうするんだ！　父と同じがんで死んだら、父の死がムダになってしまう！」と目覚めたのです。そこで、「マラソンよりももっとやりがいのあるこの闘いに絶対に負けない」と決意の言葉を書いて、壁に張りました。

そして、人生で初めての入院をして、初めての手術の日を迎えました。「先生が本当に執刀してくれるのか見届けるために、麻酔の時は101、102まで数えてやるんだ！」と意気込んでいました。しかし、実際は一つも数えないうちに、「堀越さ～ん、終わりましたよ～」と起こされ、ビックリ仰天。なんと、気持ちよく夢を見ている間に無事終了してしまいました。

歩けるようになると病室を飛び出し、たくさんの方々と会って、お金の問題や抗がん剤の副作用のこと、ウイッグや帽子のことなどをおしゃべりしました。病気の先輩のお話はどんな本やネットの記事よりも勉強になりました。また、とても明るい方が多く、毎日手術の傷が痛くなるくらい大笑い。「堀越さんは食事のとき以外ベッドにいない」と有名になったほどです。

6月18日、家族が見守る中、抗がん剤治療が始まりました。初日は無事終了。しかし2日後から吐き気やマラソンの後よりもつらい足腰のだるさに見舞われ、起き上がることもできず、入院してから初めて1日中ベッドに横になっていました。「堀越さんが寝ている」とまたも有名に。今まであんなに楽しみで、完食していた食事の時間が一番の苦しみになっていきました。

投与から13日目で髪がごっそり抜け始め、それから1週間で全ての毛が抜け落ちました。でもこんなことに落ち込んでいてはいけません。良くなるためには仕方のないこと。めったにない機会を楽しまなくちゃ！

投与から18日後の7月6日から職場にウイッグを着けて6週間ぶりに復帰。忙しく走りまわる仕事なので、身体の不安よりも、「走って止まった拍子にウイッグがスルッと取れて、お客さまの頭にかぶさってしまったらどうしよう」と本気で心配しました。

＊

7月18日に2回目の抗がん剤を投与されました。その副作用があまりにつらかったので、「もうやめたい、逃げ出したい」と弱気になっていた頃、2009年の北海道マラソンで知り合って毎年励まし合ってきた大阪の小林永美さんが、私のために神戸で走ってくれました。永美さんは、「みんなの前向き駅伝」という、病気や困難に立ち向かう人やその家族、友人が、1本のたすきを走ってつなぎ、日本一周をするというマラソンに出て、「必ず元気になって、また北海道で一緒にマラソンを走りましょう！」とテレビで私にエールを送ってくれたのです。そのとき、永美さんのお友達で、会ったことのない方々からもたくさんの励ましのメッセージをいただきました。

今年の北海道マラソンは自分は走れないけれど、永美さんや仲間たちを沿道で応援して私の元気な姿を見せることが闘病生活の目標になり、8月15日の3回目の抗がん剤治療も無事に乗り越えることができました。これで治療は終了し、8月20日、待望の卒業退院を果たしました。そしてその5日後、ウイッグにマスク姿でマラソンの応援に行くことができたのです。

11月には帽子姿で半年ぶりにスポーツクラブに復帰。また、当時はやった「お・も・て・な・し。おもてなし」をもじって「お・毛・毛・な・し。お毛毛なし」とおどけたりしながら、仕事も休まず楽しく続けました。「せっかくだから、おしゃれをしよう」と前向きに考え、6個のウイッグと数十個の帽子を日替わりで楽しみました。

しかしその頃、一緒に闘ってきた仲間たちが相次いで再発し、中には亡くなってしまった方もいて、あまりのショックでパニックになったり、再発の不安で毎日眠れなくなりました。「がんは手術して取ってしまったら終わり。大丈夫」と思っていましたが、このときになってから、「がんとの闘いは手術してからが始まりだ」という言葉の意味が身に染みて分かるようになりました。

長く暗い冬が終わり、初めて髪を切りました。ベリーショートではありましたが、10カ月間毎日かぶり続けたウイッグや帽子を外すと、一気に目の前が明るくなり、生まれ変わった気持ちになりました。その日はちょうど小学校の入学式でした。大きなランドセルを背負った晴れ着姿の元気な子供たちに自分を重ねて、「私もピカピカの1年生！　もう大丈夫！　せっかく助けていただいた命なんだから、毎日再発の不安におびえて、暗く暮らしていてはもったいない。一日一日を大切に生きていこう」と決意を新たにしたのです。

＊

またその頃、大阪の永美さんから「10月に札幌で『みんなの前向き駅伝』を一緒に走りましょう」とお誘いがあり、「再び元気に走る姿を、毎年必ずマラソンの応援に来てくれていた母や姉や友人に見せたい。恩返しがしたい」という新たな目標ができました。1年ぶりの練習では、豊平川の練習コースに戻って来られたことに感激して泣きながら走りました。練習を続けるうちに、いつしか不安で眠れない日もなくなっていました。

永美さんと同じく2009年の北海道マラソンで知り合い、毎年励まし合ってきた山下希代美さんは、乳がん手術をされた年も走り続けている大先輩で、私たちは「仲良し道マラ3人娘」です。10月13日の本番では、希代美さんから永美さんへ、永美さんから私へとたすきをつなぎ、元気に復活して走る姿を母や姉や友人たちに見せることができたのです。

2015年1月、治療から1年半が過ぎ、この貴重ながん体験をまとめておきたいと思っていた頃、新聞で「がんの語り手養成講座」の存在を知り、その1期生となりました。5月に大学で体験を話したときには、「教壇に立って、優秀な大学生に向けてお話するなんて、がんにならなきゃ一生あり得ない大変貴重な体験だ。がんになってよかった」とさえ思いました。10月には保険会社でお話し、翌年3月にはコミュニティFMにも出演させていただきました。

がんになってからは、本格的に走るフルマラソンはもうやめようと決めていました。けれども2015年の北海道マラソンで苦しくてもイキイキと走るランナーたちを見て、はっきりと思ったのです、またここに戻りたいと。今までは再発を恐れて走ることから逃げていました。でも、たとえゆっくりで格好悪くても、大好きな北海道マラソンに出てまた走りたい！　好きなことをやってもし再発したのであっても、それはそれでいいじゃない。再発してから考えればいい。何もしないでじっとしていたって再発するときはするもの。

さっそく翌日から豊平川のコースを走りました。頭がスッキリ、一段と明るい気持ちになりました。体育会系の私には、泥臭くただひたすら走り続けることが、やはり一番合っていたのでした。

しかし、走り込むにつれて、どんどん体調が悪くなり、術後最悪に……。ほとんど走れなくなってしまいました。弱気になった私に永美さんは「また一緒に北海道マラソンのスタートラインに立とうね」と何度も励ましてくれました。もはや完走は無理でも、時間制限で止められる関門までは諦めずに、ゆっくりでも走れることに感謝して、楽しんで笑顔で走ろうと決めたのでした。

＊

そして2016年8月、「前向き駅伝」関西支部松井昌司隊長やたくさんの仲間たちを引き連れて大阪から来てくれた永美さんと再会。22年連続出場のレジェンド・希代美さんと3人で「道マラ3人娘」が4年ぶりに復活！　3人一緒にスタートラインに立てたのです。

スタートすると、走れることがうれしくて、ありがたくて、涙があふれました。不思議なことに、前日までの体調の悪さはどこへやら、身体が軽く呼吸も苦しくない。父とテツが背中を押してくれている、そう実感しました。家族同様に心配し支え続けてくれた友人たちの熱い応援と、沿道の方々の声援を力にして、4年間を振り返りながら一歩一歩感謝を込めて走り、ゴールが見えた時には感動で、涙、涙……。なんと奇跡的に完走できたのです！

目標を持つと、どんなにつらいときでも前を向いて、少しずつ進むことができる。次の大きな目標は、経過観察の区切りである10年後まで、私の無事を祈って願掛けで酒断ちをしてくれている姉のためにも、「あっという間の10年だったねー！」と、6年後に笑って祝杯すること！

これからも諦めることなく、一日一日を大切に、楽しく笑って前向きに生きていきます。

18歳の体験を糧に

田中奏実
悪性胸膜中皮腫
一九九〇年生まれ
（札幌）

2008年8月21日、短大の健康診断で肺に軽い異常が見つかり、近くのクリニックに向かった。異常自体は気にするほどの結果ではなかったが、それ以前から左上半身に痛みが生じることがあり、念のため見てもらうことにした。

診断の結果は「気胸」だった。肺に穴が開いて空気が抜けており、良い状態ではないとのことだった。そのクリニックではそれ以上は分からず、違う病院を紹介された。紹介先の病院で診察を受けると家族を呼んでほしいと言われ、外科手術を勧められたが、その病院では外科手術は行っておらず、また違う病院を紹介された。

当時私は18歳で、短大と夜間の専門学校に通っていた。短大が夏休みの8月28日に気胸の手術を受けた。まだ全身麻酔が完全に切れていない頃に意識の確認のため起こされた。どこが痛いのかも分からないほどの激痛の中、「死ぬ時って、このくらい痛いのかな」と思った。

*

手術ではアスベスト作業に従事していた人と似た細胞が見つかり、詳しく調べるため、検査手術を受けることになった。

10月17日、検査手術。主治医から言われたことは、「珍しい病気のため北海道では治せる病院がない。静岡県の専門病院へ行ってほしい」。母親が泣いている横で、意味が分からず他人事のようにぼんやりしていた。

その日の夜、両親が私のひとり暮らしのアパートに泊まった。父親が酔って繰り返し言った。「2回も手術させてごめんな。きちんと産んでやれなくてごめんな」。普段無口で、家でもほとんど会話がない。そんな父親が泣いているのを見たのも、父親から謝られたことも初めてだった。私は何と言葉を返してよいか分からなかった。「誰も悪くない。もう十分よくしてもらってるよ」。昼間に見た、子供の病気を治すために街で募金活動をしていた光景を思い出して私はそう言った。自分には治療費を出してくれ看病してくれる両親がいる。そして、治療すれば病気は治るのだ。沈みきっている両親とは裏腹に心は温かさでいっぱいだった。

＊

静岡県の病院へ行く日はすぐにやってきた。すべてを親に任せていた私は病院の名前すら知らなかった。病院の入り口の看板で初めて病院の名前を知った。「静岡県立がんセンター」

あぁ、北海道で治らない病気なぐらいだし、がんに近い病気なんだなぁ。そうぼんやり思った。そんな変な解釈をしたのは、無意識に現実逃避をしていたからかもしれない。

診察室では、はるばる北海道から来た私たちを先生が温かく迎えてくださった。そして「悪性びまん性胸膜中皮腫」であること、放っておいたらあと2年の命だったことを聞かされた。言葉の意味は分かるが理解ができなかった。当時18歳の私は至って健康だと思っていたからだ。半分は上の空で先生の話を聞いていたら、父親が思わぬことを言った。

父「すぐに治療をしてください」

私「えっ、学校は？　治療は卒業してからでも……」

父「自分の命と学校とどっちが大事なんだ」

父親の言葉に何も言えなかった。あと2年は元気なのだと思い込んでいたからだ。行き場のない思いが耳をふさいでいた。肺を摘出することになるという先生の言葉すら頭には入ってこなかった。

*

治療はすぐに始まった。3日間の点滴。抗がん剤によって白血球の値が下がったからか熱が出た。その夜から地獄が始まった。

お風呂の後、視界が暗くなり息苦しさを感じた。病室に向かうが、体が思うように動かずまっすぐ歩けない。私の状態がおかしいと気付いた看護師さんに支えてもらった。しかし、その瞬間に嘔吐《おうと》し、ぐったりしたまま車椅子で病室まで運ばれた。ベッドで安静にしているとひどい腹痛に襲われ、ヨロヨロとベッドとトイレを往復することになった。この状態は今までの人生で何番目にキツイだろうか……。トイレットペーパーを見つめながら過去を回想する。今は治療を応援してくれる人がいる。帰りを待っている人がいる。この程度ならつらかった時期はもっとたくさんあった。つらいなんて絶対、言わねぇ。これからの治療で何があろうと、そう決めた。心に火が点いたまま立ち上がってみたが、相変わらず全身は泣いているようだ。枕元に死神が立っているような気すらし、早く朝になって何もかも消えればよいと暗闇に願った。

翌日、先生から腸炎だと診断された。数日間、食べてはすぐトイレに直行する日々が続いた。日に日に体調も回復し、体調が戻ると次の抗がん剤治療まで一時退院した。

2週間後に2回目の抗がん剤治療。便秘や気持ち悪さ、食欲の減退はあったものの順調に退院が決まった。

その2週間後に3回目、最後の抗がん剤治療を控えたある日、母親が病院に電話している横で私は抗がん剤から逃げられる方法を考えていた。失踪まで考えかけたところで荷物が届いた。短大のクラスメイトからだった。全員が一言ずつ書いてくれた色紙と白い毛糸の帽子が入っていた。あんなにも憂鬱《ゆううつ》だった気持ちは温かさで満たされていた。心から感謝でいっぱいだった。

私「お母さん、今すぐ入院して一秒でも早く北海道に帰ろう！」

母「ベッド空いてないから入院延期だって」

出鼻はくじかれたが、逃げたい気持ちはどこかへ消えてしまっていた。

＊

翌週、3回目の最後の抗がん剤治療のため入院をした。点滴をした日の夕方から吐き気で食欲がなくなった。夕飯も大して食べられず、どんどん副作用がひどくなっていく。体がスカスカで骨ももろくなっているような錯覚に陥った。朝、目が覚めてからも吐き気がひどい。吐き気止めの薬を飲むが、それすらも吐き出してしまう始末。ほとんど食べられず1日が過ぎた。

夜中、大音量のお腹の音で目覚めた。相変わらず吐き気がひどく、眠りにつくまでが大変苦痛だった。朝方に夢を見た。家族でご馳走を囲み、それだけでワクワクしていた頃の夢だった。目が覚めたら泣いていた。見知らぬ土地で一人きりの病院のベッド。夢と現実の差。自分の体にもう我慢ならなかった。「私は今からご飯を食べる！　吐いても倒れても知るか！」と、一人で自分の体に宣戦布告した。怒りで〝シューシュー〟としていたら、朝食が運ばれてきた。いつもと変わらないお茶漬けが輝いて見えた。無我夢中でお茶漬けを平らげ、その横でキラキラ輝く味噌汁も飲み干した。食べる自信がついたことで、順調に回復していった。抗がん剤治療によって、がん細胞は少し小さくなっていた。しかし、退院した後も副作用の気持ち悪さは消えなかった。

＊

手術前日、北海道から父と弟が来てくれた。久しぶりに家族みんながそろった。寝る前、病室でひとり手術のことを考えた。先生からは命を落とす確率が1割ほどあると聞いていた。そんなことより、一晩中、痛みでうめき苦しんだ気胸の手術を思い出して、あれ以上に痛いのだろうなと憂鬱な気分になった。気胸の再発を繰り返していたので、肺を摘出する未練は全くなかった。

手術当日、ストレッチャーで手術室へ。麻酔のマスクをあてられたところで記憶が途絶えた。目が覚めたら家族がいた。どうやら手術は終わったらしい。まだ意識がはっきりしていない私に母親が食べたいものを聞いてきた。元気だというアピールをしたかった私は、「枝豆」と答えた。予想外の返答に先生が笑っていたと、後日、あきれ顔の母親から聞いた。

2日ほどICUで過ごした後、病棟の個室に移った。看護師さんに付き添ってもらい酸素ボンベを転がしながら病棟を1周した。「もう1周」と言われた時には「無理」と言いたかったが、つらいと言わない決意をしたため意地で歩いた。手術の影響で血液が足りず、ひどい貧血のような状態で、座っているのも怠けたかった。

入浴も無事できるようになった時、傷口と対面した。背中側の肩からおへその左横くらいまでS字に大きな傷口ができていた。60針を縫ったが、年齢が若いこともあり先生がきれいに縫ってくれたと看護師さんから聞いた。しばらく咳《せき》が止まらず、その度に傷口が痛んだ。一番の違和感は左上半身が重たいことだった。一時帰宅して、次は放射線だ。この治療が終われば、ようやく北海道へ帰れる。それは、ずっと望んでいたことだったが不安も芽生えていた。戻った時に生活に支障はないのか。体力がないと言われたりしないか。治療が終わったら終わりじゃない。人生経験としては素晴らしいものを得たが、社会的に見ればものすごいハンデを背負ってしまったのでは……と、不安が押し寄せた。

＊

放射線治療を開始して翌日から副作用が出た。乗り物酔いのような気持ち悪さから食欲が落ちた。喉の痛みも出てきて、食事を白米からそうめんに替えてもらった。放射線を当てて25回目には照射部分に湿疹ができた。皮膚も黒ずみホクロが増えていた。かゆみ止めの薬を処方してもらったが、私には強すぎるようで飲むと麻酔にかかったように眠りこけてしまった。食欲のある日もあったが、あまり食べられない日が多かった。なんとか30回の治療も終え、半年間ですべての治療を終えることができた。

ずっと望んでいた北海道での生活がまた始まった。しかし、半年前にはなかった体力の低下、痛む傷口。専門学校の退学や就職活動、友人たちの卒業式。何もかもがうまくいかない中で心が病み出した。諦めるつらさを味わうくらいなら死んだ方が幸福だったのではないか、そう思った時期も何度かあった。

それから6年後、ご縁があり、がん患者としてボランティア活動をした。そこで見たのは、がん体験者が治療中のがん患者を励ます姿だった。自分らしく生きることが誰かの勇気、笑顔になる姿。がんはハンデじゃなかった。生きるということは決して楽ではないが、視点を変えれば道はたくさんある。あらためて家族や医療関係者の方々、支えてくれた人たち、すべての縁へ感謝を捧げたい。がん体験者としての私の今がある。

子供とともに前へ、前へ

佐々木初美
乳がん
一九五九年生まれ（札幌）

私は、がんになったことは最悪の出来事ではなかったと今、心の底から素直に思っています。がんになるって、「自分はいつまで生きられるのか？」と初めて自分の死を意識する、自分の人生を振り返る時を与えられたということだと思います。

東日本大震災では元気で日常生活を送っていた多くの人々が一瞬にして亡くなってしまったのです。私の弟も突然、くも膜下出血で倒れ意識を取り戻すこともなく1カ月後に亡くなりました。そうしたことを考えると、がんの場合は自分の中でいろいろなことができる時間が残されているのです。

＊

私が乳がんと告知を受けたのは49歳の誕生日から1カ月も経たない２００８年11月12日でした。乳がん検診を受け始めて5年が経った頃でした。

夫を２００２年に肺がんで亡くし、中学3年、2年、小学6年の3人の娘と暮らすシングルマザーで事務職の正社員として働いていました。私が乳がんの定期検診を受けるきっかけとなったのは、まだ正社員になる前のパート先での企業検診で再検査の通知をもらったことでした。

私は母も乳がんで亡くしているため、「自分自身もいずれは乳がんになるのではないか」という思いがいつも心の隅にありました。この時はまだ病院情報をどこで入手するかも分からず、手探りの状態で、検査を受ける病院を真剣にパソコンで一人検索していました。

乳がんも心配でしたが、甲状腺にも良性腫瘍があり、心配の種でした。祖母が甲状腺がんで手術を受けているので、どちらにしても乳腺と甲状腺を専門に見てもらえるクリニックを選び受診することに決めました。再検査では何もなく、以後年1回決まった時期に検診してきたのですが、5年目だけは仕事の都合やクリニックの予約状況で、間隔が1年9カ月も空いていました。

実はその前の夏くらいからなんとなく左胸に違和感を覚えていました。触ってしこりがあるというほどではないものの、胸の奥に芯がある感じで時々「ズキン！」と痛くなるのです。お風呂に入るたびに左胸を触りながら「大丈夫かな？　大丈夫かな？」と思う日々。それでも私はクリニックへは行かず予約した定期検診の日を待ちました。

＊

その日、2008年11月12日は、木枯らしの吹く寒い日でした。いつものように検診は進んでいったのですが、胸のエコー検査で何回も技師さんの手が止まり、カタカタと何枚もの画像がプリントアウトされた時、私は乳がんを悟りました。

診察室に入ると先生が「左胸のがんを取り囲むように鎖骨や腋の下、胸骨へと転移している」と言うのです。体の他への転移はまだ分からないものの、たちの良い細胞ではなく早急に治療を始めないとどんどん進行してしまう。家族の方にも話したい……と先生は続けます。全身検査をしていないのでステージⅢＣともⅣとも言えないとのこと。よくがんの告知を受けると頭の中が真っ白になると言われますが、私は頭の中がスーッと冷たくなるのを感じました。

私の実家は東京です。夫も亡くなっていて、一番近くの石狩市に住んでいる義姉に来てもらい一緒に話を聞きました。とても進行の早いタイプのがんなので術前に抗がん剤で進行を止め、原発のがんを縮小し、さらに転移したがんを消してから手術したいとのことでした。点滴では時間がかかって全身に広がる可能性もあり、抗がん剤を直接左胸に注入する動注療法を受けることになりました。

それから入院するまでの2週間は本当に忙しく過ごしました。がんと告知されて泣いたのも3日間だけでした。子供たちに悟られないように布団をかぶって涙しました。

まず3人の子供をどうするか？　学校の先生、民生委員、教育関係者その他いろいろ相談しましたが、3人の娘だけで生活したいとのこと。その言葉を信じクリスマスには帰宅すると約束して入院することに決めたのです。「もしかしたら私には来年のクリスマスは来ないかも？」という思いも消すことができませんでした。

もう一つ、私が乳がんになったことを子供たちや自分の親にどう話すのかが問題でした。実家の父には、乳がんになったこと、術前抗がん剤、手術、放射線治療はするけど「私はお母さんみたいじゃないからね！」とその時の状態の3分の1程度に抑えた報告をしました。また子供たちには「パパを肺がんで亡くしたのはあなたたちが小さい時で、ママは大丈夫だからね」という話しかできませんでした。

＊

入院後の治療は順調に進みましたが、薬の副作用は魂が体から飛び出すように感じるほどハードで、直接胸に注入された抗がん剤は赤ワインをグラス1杯胸にこぼしたような赤アザとなり、髪も「ゴソッ！　ゴソッ！」と抜け、自分でも直視できないような姿となってしまいました。でも予定通り12月25日の朝、一時退院することができて、クリスマスと2009年のお正月を自宅で過ごすことができました。

2009年1月16日、左胸の部分切除手術が無事に終わったと思ったら、翌々日、左胸に感染症が発生。そのまま私は個室に隔離され、手術したばかりの傷を開き治療することになりました。本来であればどんなに長くても1月中には退院できる予定が2月になっても傷口は閉じず、「自分で傷の手当をする」という条件で15センチ近く傷口を開けたまま、中学3年の娘の高校受験の前日に退院しました。母として高校受験日のお弁当を作って試験に送り出したい一心でした。

子供の生活も限界が来ていました。長女が受験前に2人の妹たちと大ゲンカをして家を飛び出したのです。家出先は義姉の家でしたが、地下鉄、バスを乗り継いで1時間半以上の道のりでした。家出生活は2週間程度でしたが私も入院生活の限界を感じていました。退院して自宅に戻ると子供たちの生活は安定しましたが、家の中は荒れ放題。壁や扉には大きな穴が開いて、玄関ドアも蹴りとばしたスニーカーの足跡がついていました。流血戦にもならず、みな無傷だったことに感謝しました。

その後は子供たちの卒業式や入学式に母親として行事に参加することができ、とてもうれしく思いました。子供たちの成長がうれしい反面、この先の不安で胸がいっぱいになりました。神様に「小6の末娘が高校を卒業するまでは何としてでも元気でいさせて」と小さなお願いをしましたが、今思うとそれは間違いで「もっと長く長く元気でいさせて」とお願いするべきでした。

手術が終わってからも放射線、抗がん剤と治療は続きましたが、その後再発の疑いが出て入院、手術をしたり、5年経過した後には念願の胸の再建手術を受けました。その後定期検診で首のリンパ節への転移が分かったり、乳がんとの付き合いはまだまだ続きそうです。

＊

私が今までどうにか乗り越えてこられたのは、がんが自分を再発見するチャンスをくれたからです。「人は何のために生きてるか」と考えたことがありますか？　幸せになるため、夢をかなえるため、自分の役目を果たすため、人それぞれあると思います。

私はがんになってから数多くの友人に巡り会いました。同じ病を持つ人、健康な人、全て今の私を応援してくれる大切な方々です。そして分かったのは、夢や希望は自分が行動すればかなうということです。がんになって何もしないで自分の人生を終わりにしても良いのか？　小さな夢、やりたかったことを一つ一つ実現させました。深夜放送世代の私は「ラジオのＤＪがしたい！」と乳がん患者さんでＦＭラジオの番組を持たせてもらったり、少年野球のウグイス嬢を経験したり、やり忘れたこと、やってみたかったことにチャレンジすることにしました。先生になってみたいと思っていたら、年に1回、大学看護学部の学生さんに授業をさせていただくことができました。料理教室の先生になってみたり、認知症予防のインストラクター資格を取得して指導したりもしています。

短大で取った栄養士免許は塩漬け状態でしたが、保育園の栄養士になったり、食と健康に関係する仕事がしたくてマクロビオテックを取り入れた自然食カフェで働いたり、調理師免許も取得しました。

がんになって何をするか明確になった私は、今とても充実した時を過ごしています。がんという病気は心身ともつらいものですが、がんになったことは最悪の出来事ではなかった、と心の底から素直に思っています。

寿命を決めるのは私

島竹毅一
多発性骨髄腫
一九四四年生まれ（札幌）

1991年に「いずれはこんな自然の中で暮らせたらいいな」と思い、定山渓・八剣山が展望できる景勝地、豊滝に300坪ほどの土地を購入しました。土地を遊ばせておくのはもったいないと夫婦二人で抜根、開墾し、文字通り大地と格闘しました。大地に触れた時のぬくもりに感動したのが「農ある暮らし」の始まりでした。

10年後の2001年、札幌市の農業教室「札幌農学校」で30名ほどの1期生仲間と2年間農業実習で農業の基本を学びました。今も親睦を図っていますが、その野菜づくりが好きな仲間との出会いが自分の生き方に大きく影響しました。

仲間と2006年、「NPO法人さっぽろ農学校倶楽部」を設立して、東区丘珠と南区北ノ沢に畑を持ち、トウキビ、ジャガイモ、枝豆、カボチャなどを栽培してきました。

収穫した野菜は、地下街などで販売したり、小学校10校ほどでの野菜出前教室で使ったり、作ったジャガイモで東日本大震災の復興支援をしたりするなどの活動に生かし喜ばれました。

2009年、長年勤めていた会社を65歳で退職し、その年に大好きな豊滝の地に山小屋を造り、孫たちと泊まりながらの菜園生活を楽しんでいました。

*

2013年、肺炎や帯状疱疹で体調を崩し近くの病院で検査したところ、数値に異常があり、血液内科のある白石区の病院を紹介されました。

2014年1月から2カ月に1度の検査をしましたが、症状がない「無症候性骨髄腫」、いわゆる〝くすぶり型〟との診断を受けました。

血液は背骨の中心にある骨髄で作られますが、何らかの異常を起こすと本来サラサラな血液がベトベトになり、その「サビ」が臓器障害を引き起こすとのことです。

私の場合も残念ながら病状は進行し、2015年4月の血液検査で医者から「多発性骨髄腫」であることを告げられました。

〝くすぶり型〟の時から検査数値が少しずつ悪くなっていたのである程度覚悟はしていましたが、他人のことのように感じて実感がありませんでした。自宅に帰り、好きな酒を夫婦2人で話しながら飲んでいたらさまざまなことを思い出し、突然、涙がこぼれました。その日は夜遅くまで2人で語り合いましたが、妻の励ましの言葉もあり「医者を信頼し頑張って治療するのみだ」と気を取り直しました。

多発性骨髄腫は、日本人10万人に対して2人から3人に起きる病気で、最近の化学療法の進歩により、治療を始めた日から5年後に生存している割合は4割から5割ほどと言われます。

*

医者の勧めにより全国で90人ほどの患者を対象とする化学療法の臨床試験に同意し、2015年5月、治療が始まりました。貧血、血液・尿中の高タンパク、骨病変、腎障害、免疫抵抗力の低下などの副作用はありませんでしたが、2016年1月に、血液検査値が横ばいで治療効果が見えないとのことでいったん治療を中止しました。

その後、1年ほど毎月の検査で様子を見ていましたが、血液検査値が徐々に悪くなり、11月に道外旅行で体調を崩したことから12月、再治療を開始しました。再治療では、医療現場で使われるようになったばかりの新薬と免疫調整薬などを同時に使うことになりました。治療は今も続いていますが、医師が最も心配していた治療初期に起こりやすい腎障害もなく、治療を始めて1カ月ほどで血液検査値が急速に改善され自分でも驚きました。反面「体にはきつい治療薬」でいつ副作用など異常な状態になるか分かりません。いずれ新たな治療が必要になるなど「完治が難しい病気」であることを、冷静に受け止めなければいけないと思っています。

*

足かけ3年治療していますが、まだまだ道半ばです。私は「寿命を決めるのは自分自身だ」と思っています。1年でも長く生きたいと心がけていることを書きます。

〔野菜を食べる〕　緑黄色野菜のニンジン、タマネギ、ブロッコリ、カボチャなどが健康に良いと私は信じて大好物の自家製カボチャを毎日食べています。

〔運動する〕　血流を良くするため、毎日自宅近くの公園を歩いて軽く汗をかいています。歩きながら四季折々の景観を見ると心が洗われます。

〔ストレスを発散する〕　私の妻は友達付き合いやジム・マージャン・洋裁など楽しんでいて

完全に「私の負け」です。私も昔のことなどを口にせず、変なプライドを捨て感動する喜びを見つけ「新しい生活リズム」を創り出すことを心がけたいと思います。

〔日記を書く〕　健康寿命71歳を過ぎてから人の名前が出てこないなど、老化の始まりなのか記憶力が富に落ちました。これではいけないと思い、日々の生活・病気のこと・人生訓話・旅行の記録など、さまざまなことを書き残しています。それらを読み直すことにより「心豊かな人生」を歩める気がします。

＊

がん治療では新薬が開発されるなど治療の環境は、今後、ますます良くなっていくでしょう。なりたくてなった病ではない「多発性骨髄腫」の完治は難しいでしょうが、強い意志を持って「病気は友達」と思って仲良く生きていきます。そのために好きな「農ある暮らし」を楽しみながら80歳まで生きる「大丈夫手形」を自分自身で発行します。

3人の孫たちも私の病気を知って、うれしいことに「じいちゃん、頑張れ」とのメッセージをくれました。私ごとで恐縮ですがここに記します。

〔あいり（7歳）〕　おじいちゃんは私が小さいころから鉄人です。皆をかわいがってくれてどうもありがとう。

〔がく（5歳）〕　トウキビの種を植えたのが思い出。上手にできてうれしい。畑にまた行きたい。じいちゃんは畑の名人だ。

〔じゅんせい（5歳）〕　じいちゃん。昔々の話が楽しかった。わくわくして楽しかった。どきどきしてわかりやすく心に残った。

孫たちの私を思ってくれる気持ちを大切に夫婦二人三脚「おだやかな気持ち」で日々の暮らしを続けていきたいものです。

元気パワーを振りまきたい

佐々木育子
一九六〇年生まれ（札幌）
胃がん

10代から胃痛に悩まされていましたので刺激物やかんきつ類を取らないよう気を付けていました。2008年11月11日、自宅近くに雑貨店を出し、その2年前から札幌駅近くのビルの小スペースにも出店して仲間と交代で切り盛りしていました。その前からずっと食後の胃の痛みがありましたが、この頃から痛みが増して、食後2時間ほどすると激痛で立っても座ってもいられなく、涙と脂汗でのたうち回るほどでした。

毎日が痛みとの戦いで、食べなければ胃酸も出ず痛くないので食べなくなりました。そのため痩せて顔色も悪くなり、「いったい自分の胃はどんな状態なのか」と自分の胃を見たくなり、12月に近所の内科で胃カメラ検査を受けました。潰瘍から出血しているのがカメラに映り、先生が青ざめて「すぐに手術して胃を全摘しないといけない」と言われました。「2つのお店を休むわけにはいかないし、49年間さまざまなことをしてこの世に未練もないので手術はしません」と言ったら「まだ若いのだから手術しないといけない」と強く言われました。結局、先生は「1カ月は薬で様子を見ましょう」と言ってくださり、その薬で痛みがピタッと止まりました。私は治ったと思いましたが、錯覚であったと後で思い知らされました。

*

年が明けた2009年1月に再検査を受けました。全く治っていないどころか、悪性であることが分かりすぐに手術のできる病院に行きました。検査の結果は「スキルス性胃がん」。「今は開腹しないで数カ所穴を開ける方法もあるので楽だよ」と言われましたが、手術後目覚めないかもしれないと思い、娘とスペイン、フランス、それにもしもの時娘にお店を任せることができるようタイにも仕入れを兼ねて行きました。

帰国3日後に入院。2月27日が手術日となりました。外科の執刀医から「明日は胃と胆のうと脾臓《ひぞう》とリンパ節を取ります」と言われ、内科の先生の話と全然違っていてショックを受けました。夫に電話をすると温厚な夫もさすがに激怒していました。しかし「胃だけにしてください」とも言えず私はまな板の上の鯉状態でした。すると連日の疲れが出たのか熱が上がりました。

熱は39度まで上がり、インフルエンザの疑いもあり、手術延期の話も出ましたが、朝6時にようやく熱が下がり、インフルエンザでもなかったので9時から手術となりました。

ストレッチャーに乗せられ家族との涙の別れを想像していましたが、白くてきつい靴下をはき、「行ってきます」と明るく言って自分で歩いて宇宙船のような手術室のベッドに乗りました。その温かいウォーターベッドに感激し、麻酔注射を打たれたらもう意識はなくなりました。目が覚めたら激痛との戦いが始まりました。

内臓を3つ取られ、食道と腸をつないだところの近くの脇腹と開腹した胸からおへそまでが痛くて「死んだほうがましだ」と思うほどでした。手術後2日目から体の左半分が激痛で動かせなくなり、管が神経に当たっていることが分かって管を取ってもらったら痛みがなくなりました。術後4日目くらいからは、お腹が痛く我慢ができなくなり、担当研修医に話したら「2番目にきつい点滴だから効かないわけがない。同じ痛みでも1~10の痛さがあり1痛い人と10痛い人には10倍の差があってあなたの痛さはそれほどではない」と私が少しの痛さも我慢できないような弱い人間だというような言い方をされ、くやしくて涙が出ました。婦長さんに訴えると「痛くなってからでは薬も効かないので痛くなる前に対処しないと間に合わないのですよ」

と励ましてくれて、少し元気が出ました。

その研修医はまだ経験が少ないので、患者を物としか見ず、何でもマニュアル通りになると思っているように思えて、なんだか悲しくなりました。その夜、お腹の痛みを抑えるための脊椎麻酔の針が抜けているのを娘が見つけ、私は麻酔の点滴なしで激痛に耐えていたことが分かり、こんな我慢強いのに弱い人間と言われ、さらに悲しくなりました。

病理検査結果は、どこにも転移しておらずステージⅠAの早期がん、5年生存率99・9パーセント、抗がん剤治療も必要ないとのことで、執刀医が大変喜んでくれました。

＊

退院後の半年間は、激痛との戦いでした。痛いので食物を入れたくないのですが、入れないと食道がくっついて物が詰まってしまうので、痛みに耐えながら水分だけ流し込みました。痛みがひどい時はお風呂に入り温まると楽になるので自宅のお風呂さんには感謝しました。

ネットでスキルス性胃がんについて調べてみたら「進行性の胃がんで根のように奥の方へ広がっていく。とても進行が早く、分かった時は、全身に広がっていて手遅れか手術もできないことも多い。3カ月〜半年で亡くなる人が多い」との記述を見つけたり、2年余りの闘病で亡くなられた人の体験談を読んだりしてスキルス性胃がんの恐ろしさが分かりました。

手術後1カ月後からお店を再開しました。通常5分で行ける道を30分もかかりようやくたどり着く日々でしたが、それがかえってリハビリになり、日に日に元気になりました。検査に行くたびに元気な姿に先生も驚いていました。

＊

貧血がひどくて朝はつらいですし、食事をすると血糖値が下がり、動けなくなります。最初はとまどいましたが、慣れてくると甘いお菓子や糖分の多いジュース類を飲むと10分くらいで復活できることも分かりました。しかしサトイモ、サツマイモ、コンニャクなどは詰まりやすく、詰まると激痛でお腹がパンパンに腫れ、脂汗と涙と痛みで倒れ込むこともたびたびありました。

先生からは激痛が長引くと腸閉塞になり命に関わるのですぐ病院に来なさいと言われていましたが、2度目に倒れた時は右手親指がまひし、手術の後遺症なのか左手親指も両足先もまひしています。両手も握力が落ち、しびれでペットボトルのふたを開けるのもやっとでよく物を落とすようになりました。

食事が大切と聞いて「まごわやさしい」という言葉を教わりました。豆・ゴマ・ワカメ・野菜・魚・シイタケ・イモなどさまざまな食品を組み合わせ栄養素をバランス良く取ることを心がけています。特に白ゴマは今でもコブ茶とカツオブシ粉を混ぜ、1カ月に1キログラムはよく噛んで食べています。本当に調子が良く、闘病中5年間はずっとおかゆでしたが、炊きたてのご飯が食べれるようになってからは体力が維持できるようになりました。

＊

札幌駅近くのお店は閉店しましたが、自宅近くの店には、お母さんをがんで亡くされた知人が来てくれました。つらい気持ちやお父さんとの不仲などをお店で吐き出し、9時間泣いて笑って帰っていきました。帰ってからその人から「お父さんと向き合って話ができて少し分かり合えるようになった」と聞き、うれしくなりました。店の自動ドアが開いて引き込まれるように入って来た人が知り合いだったり、お隣のコンビニに行こうと思っていたのに「なぜか引き寄せられた」と入って来た方が、家族のがんや病気で悩んでいる人だったり……。そんな人々が来てお話しては泣いて笑って、私の元気な姿を見て感動して帰っていかれるのがまたうれしかったです。

自分は、なぜ生き返らせてもらったのかと、自問自答しておりましたが、人さまに元気な姿を見てもらい元気や希望を分けるのが自分の役目なのかなあと思うようになりました。

お店は、いろいろ考えましたが2011年11月1日に閉店しました。その後は、月に数回イベントに参加させていただいております。体力の衰えが気になりますが、これからも病人にはならずに気力でたくさんの方に元気を配らせていただきたいですし、たくさん旅に出て元気パワーを振りまいていきたいです。

緩和ケアを選択して

平馬さとみ
平滑筋肉腫
一九五八年生まれ
（札幌）

2004年に離婚し、帯広の実家に戻ってきて、介護の仕事をしながら職場と家とを往復するだけの日々を送っていました。2012年2月末、53歳のとき、夜に38度以上の熱が出て、解熱剤を飲むとすぐに下がるので、飲んでは仕事に行くという日が何日か続きました。

近くの内科を受診したところ、白血球が異常に多いのですぐに総合病院を受診するようにと指示を受けました。総合病院では、腎臓のあたりに大きな腫瘍があり、内部で壊死しているための発熱で、すぐにでも手術が必要、と説明を受けました。「ああ、私はがんかもしれないんだ」。意外に冷静に受け止めている自分がいました。先生ははっきり言わないけれど相当悪いんだろうな、と勝手に想像していました。

4月に手術前の説明を妹と聴きました。「腫瘍はとても大きく、身体の左側にある腎臓、脾臓、大腸、小腸もとらなければならなくなるかもしれない。手術は8時間になる」と説明されました。「今まで、自分が体験したことのないような痛みや苦しみが襲ってくるんだろうな、この先長くないかもしれない」と思いました。でも、つらいとは感じず、すんなりと受け入れられました。

手術は無事に終わりました。腫瘍は後腹膜にあり、左側の腎臓と副腎を取りました。医師から「後腹膜肉腫」という病名を告げられ、「肉腫なので、出てきたら手術して取るのが基本で、有効な抗がん剤がありません。必ず再発します」と言われました。肉腫は一般的ながんとは違うが、悪性に変わりはないとのことでした。治療はこれでひと区切りついているということで、私は何となくホッとしました。しかし、医師が「必ず」という言葉を使ったことで、がんの完治は無理なのだと感じました。

5月に職場復帰しました。しかし、自分の余命をこの時から意識し始め、「終活をしなければ」と考えました。

＊

手術から6カ月後の11月、肺への転移が分かりました。さらに翌年4月、右乳房に肉腫が見つかり、抗がん剤治療を勧められました。副作用として心臓機能に影響するため、使う量に制限があること、使っても効果は分からないとのことでした。

5月初めに入院し、抗がん剤治療が始まりました。2週間ほど経って、髪の毛がシャンプーのたびにごそっと取れていきました。4回の抗がん剤治療が終わり、8月に検査をしましたが、がんには変化が見られず、しかも肝臓に影があると告げられました。今後の治療について聞くと「違うタイプの抗がん剤を考えている」と言われました。ショックでした。何となく、あのきつい抗がん剤を使うのだから少しは小さくなるのでは、という淡い希望を持っていたのです。

治療に対しても生活に対しても「もう無理」と感じました。長引く治療で「私の生活はどうなっていくのか」と心配でいても立ってもいられない気持ちでした。病気を知ってから初めて混乱しました。何から考え、何を優先したらよいのか全く分からなくなりました。

「生活のために仕事は手放したくない。でも帯広での治療にも限界がある」。よくよく考えて、優先順位を付けられないでいた自分の行く先に区切りを付けました。主治医に札幌の病院を紹介してもらいました。

＊

9月初めに札幌の専門病院に入院、手術で左肺を2分の1、右肺を3分の1、右の乳房を部分的に取りました。11月初めの検診の際、医師に「平馬さんのように、肺への複数転移があった場合、次に転移する場所も必ず肺です。今後は3カ月に1度、検査で肺を見ていきます」と言われました。医師がまた「必ず」という言葉を使ったので、「私には『必ず』という言葉がついて回るな」と思いました。再発をこんなにも確実に医師に告げられるということは、完治はあり得ないと察し、自分の限りある命を悟りました。

次に再発したら「治療ではなく自分の生活を優先する。緩和ケアを選択する」と決めました。帯広での診察の折に主治医にそのことを告げると「自分が平馬さんの立場になったら、自分もそれを選択するだろう」と共感してくれました。そのことで、自分の選択に確信が持てました。

年が明け、2014年6月に札幌の病院で肺への転移を告げられました。手術ではなく抗がん剤を使うと言われました。肉腫にはっきり効く抗がん剤はなく、使ってみなければ分からないとのことでした。また、薬の副作用として、心臓や腎臓、肝臓に負担がかかったり、抵抗力が下がったりするため感染症にかかりやすくなると言います。「治療で生活に制約が出るのは嫌だ。元気で働いている生活を続けたい」と思いました。このまま様子を見て、症状が出てきたら、それを抑える治療をしたいと伝えました。

病気に伴う心と体の痛みを和らげる「緩和ケア」を受けることにもなりました。診察は精神科医が行いますが、一般的な精神科とは違います。診察は患者の話を聴くことが主体となり、薬も患者の意向をくんで選んでくれます。私は、これから先の自分の病状が気になって、あとどれぐらい生きられるのか、と聞きました。医師の答えは「そういうことは一概には言えず、分からないです」とのことでした。

帯広に帰り、主治医に話しました。「子供たちは社会人として自立し、両親は亡くなっており、私が面倒をみなくてはならない人はいない、抗がん剤を使い具合の悪い生活を送るなら、今の元気な生活を続けたいので、緩和ケアを選びます」。主治医も「平馬さんと話をすると、こちらもいろいろと考えさせられる。次の診察が楽しみです」と言ってくださり、私にとって心の支えとなりました。3カ月に1度、札幌で検査を受けて、結果を帯広の主治医に報告することにしました。

＊

私の肉腫は体の表面に現れるので、自分で触って見つけることが多く、元気な生活をしていても、病気は確実に進行していることを感じます。自分の仕まい支度を意識せざるを得ません。

それで、2016年3月に思いきって仕事を辞めました。そして、今、限られた時間の中で、私のしたいことは何だろうと考えたとき、旅行や友達との食べ歩きとか、レジャーとかには、さほど魅力を感じませんでした。自分がこれまでの人生で学んできたこと、食物アレルギーの子供を持つ親の会、無農薬野菜の産直グループ、不登校の子供を持つ親の会など、人のために何かをすることが、一番イキイキとした楽しい時間でした。今回の経験も誰かに伝えたい。帯広と札幌、都会と地方の情報量の違いを感じたことから、帯広で患者会を作りたいという強い思いが起こりました。

帯広での診察の折にがん患者が集まる「がんサロン」を作りたいと主治医に話したところ、賛同してくれました。2015年11月に、最初のサロンが開かれました。それ以来、月1度開かれています。患者だけではなく、医師、薬剤師、看護師、ソーシャルワーカーなどの医療関係者も参加してくれていることがとてもうれしいです。参加した方々が自分のつらさや苦しさを話し、家族にも言えなかったことを言うことができて、「ホッとした」と笑顔になります。帰る時「来てよかった、ありがとう」という言葉を聞くと、「いらしてくださってありがとうございます」という感謝の喜びに満たされます。

*

キャンサーサポート北海道が開く「がんの語り手養成講座」を帯広で受講しました。がんの体験を、元の職場や知人に伝えようと思い、自主講演会も開きました。地元の新聞に紹介され、50人近くが集まってくれました。どんな時でも夢はかなうと思いました。

今、私には夢があります。自分の体験を通して、命の大切さ、生きることの意味を今の日本の青年たちに伝えていきたいのです。私の体には今、肺、骨、肝臓、後腹膜、さらにあちこちの筋肉に肉腫があります。でもなぜか元気です。不思議なご縁がつながり、素晴らしい方々との出会いがあり、毎日がドキドキ、ワクワクする充実した日々を過ごしています。

Ⅵ 北海道からエール
——がん体験者座談会

がん体験者座談会

参加者
安住英子（卵巣がん）
木村邦弘（胃がん）
須永俊明（悪性リンパ腫）
堀越令子（卵巣がん）
司会
大島寿美子（キャンサーサポート北海道理事長）

実名か匿名か

大島　『北海道でがんとともに生きる』の締めくくりとして、執筆者としてこの本に携わった方たちの中から4人の方に集まっていただきました。体験記で書き切れなかった思いやメッセージをお聞かせください。今回は執筆者に実名で書いてもらうか、匿名にするか、かなり議論しましたね。

須永　ネットで類書を調べたのですが、これだけ多数の人が実名で書いている本ってなかなかないんですよね。全体としては「実名」でいくことにしながらも、最終段階で座談会を開き、なぜ、この方針にしたのかを説明しようということになりました。知り合いを誘っても「実名ではちょっと」という人が確かに多かったです。

安住 応募条件に「筆者は実名で」と明記したのですが、原稿の集まり具合という面ではネックになっていました。でも、本をポンと出すのではなく、実名で出版することの意味を読む方に考えていただきたい、それを私たちのスタンスとして見せた方がいいと主張しました。そして、総意として実名表記に至りました。

木村 私は「自分のがん体験を伝えたい」というのが第一の目的でした。思いを伝えるためには実名が必要だろうと思っていました。どんな人間が書いているかを知ってもらった上で読んでもらうのが、本当の意味で伝わると思いました。実名は自分に責任が発生しますし、読む方、受け止める方にも、こちらの気持ちが伝わると考えました。

堀越 同感です。書く責任上、自分の名前を出すのが当然だと思いました。ただ、ためらう方の気持ちも分かりました。小さなお子さんのいるお母さんなら学校でうわさになったら嫌だろうなと思いましたし、私自身、本が世に出て近所の人が読むのかなぁと思うこともあります。私だけではなく、家族にも迷惑がかかることもあるかもしれない。でも、私の体験が人の役に立つのならそれでいい、どんな批判にもこたえていこうと思ったので実名にしました。

安住 一般市民の体験記として実名は当然と考えていました。匿名で出すと、今後どういう風に使われるか分からないし、メディアの取材を受ける中でも名前を表に出すことで発言に責任を持てると考えました。私は36歳でがんと分かりました。12年を「一回り」と考えると三回り目。自分がこれからどう生きるかとすごく考えていた時期でした。自分の生きてきた証を残すには名前を出すのは当然と考えました。ただ、仕事をされている方が周りへの影響を考えている気持ちは分かります。それぞれの選択があっていいと思いますが、私自身は公表したいです。

須永　昨年（2016年）大みそかの北海道新聞に私たちのプロジェクトを紹介する記事が載りました。すぐに女性の方からメールが来ました。ご主人が私と同じ悪性リンパ腫で入院していて正月から治療が始まるが、ネット上の情報は、どれが信頼できるか分からない。当事者である私が最初に書いた自費出版本を貸してほしい、とのことでした。すぐにお貸ししましたが、実名だから信頼してくれたんだと思います。実名は正直気恥ずかしいところもあります。でも、逆に匿名で書くと、変な誤解を受けることもありえます。これを機に病気や患者のことについてイメージを修正してくれたらいいなと思っています。

大島　実名、匿名が問題になるのは、身近な人にさえ、自分の病気を伝えていない人がいるということもあると思いますが、皆さんはどうお考えですか。

須永　自費出版本は知り合いだけに配るつもりだったので、名前を伏せることも考えず実名にしました。自分の病気を公表することで、仲間が後から直接聞いてくれたらいいなと思っていたのです。その後、帯広の図書館で購入してくれて多くの人の目に触れるようになったら、問い合わせが殺到しました。有名人が書いた本だけでは分からないことを聞きたい人がいるのだなぁと感じました。社会の役に立った気がしました。

木村　実名は今回の出版の根本に関わることです。確かに、がんにかかったのは個人的体験なのですが、これだけ多くの人ががんになる時代です。見方を変えると社会が共有すべき体験でもあるのです。読んで元気を出してもらったり、考えるきっかけにしてもらったりするためにも、今回は実名が適切だったと思います。

大島　途中では本名の一部を変えて出すかという話もありましたね。

須永　プロの作家ではない私たちがペンネームを使うのもどうかなと思いました。

堀越　匿名を認めていたら自分の経験をおもしろく脚色して、誤ったことを書いてしまったかもしれません。

須永　私はちょっと、そのケがあるので実名でよかったです（笑）。

体験記を書こうと思ったワケ

大島　皆さんが今回のプロジェクトに参加しようと思ったきっかけは何だったんですか。

須永　私は「他人のために」などとは思っていませんでした。ただ自分の体験を書いただけです。それを読みたいという人がいるのなら少しでもお役に立てばという思いでした。

堀越　大島先生が主宰している「キャンサーサポート北海道」の「がんの語り手養成講座」を受講したのがきっかけなんですが、その講座をどうして受けたかというと、自分にとって初めてだった入院や手術など貴重な体験の記憶が日々薄れていくのはもったいないなと思ったからです。

木村　僕もそうでした。治療を受けたり、同じ病室の人たちと交流しているうちに最初の絶望感が変わっていったんです。それがなぜかを振り返って考えてみたかったし、同じがんの人にも伝えたかった。自費出版も考えましたが、年金生活の自分の力では大変です。あきらめかけていたときに原稿募集を知り、「これなら」と参加しました。最初は大上段に構えてしまって報告書のようになってしまいました。添削してくれた編集委員に「心の中の思いを書くように」とアドバイスをもらってからかなり変わりました。

安住　先ほど言いましたように、私は人生の節目でがんを体験しました。自分のためにも、次のステップに行くためのきっかけがほしかった。がんを、自分の中でどれぐらいの割合で扱うかがすごく難しいところでした。がんを取り去れば終わりかと思ったら、そうじゃなかった。手術、抗がん剤治療と自分にとって大きな出来事があったのに、それを何ごともなかったかのようには生きていけない。自分の中で区切りをつけたいと思いました。いわば「自分のために」書いたような感じです。もし、これが他の人へのメッセージになるなら、がんやがん治療に対するネガティブなイメージを変えたかった。がんは誰にも起こり得ることなんです。「ならないようにしましょう」ではなく、「皆さん、日々を大切に生きていますか」と考えるきっかけになればいいと思いました。

大島　原稿を書く中で随分と考えたんですね。

安住　そうですね。がんと分かる前から「こういう生き方でいいのか」と思っているころでした。結婚や出産を考える微妙な年齢でもありますよね。私の体験を本を通して人に見てもらうことで、自分を奮い立たせたいという気持ちがあったと思います。

須永　私も治療中は「早く治らないかなぁ」と思うのと同時に「治ったら社会のために何かしよう」と思っていました。だけど、終わったとたんに、それまで考えていたことを見事に忘れました。「これはまずい」と記録に残したいと思いました。入院中に簡単な日記を書いていました。主に先生の話や食事などです。それを整理したいと考えていました。最初の自費出版の時は全く私的なものでした。新聞で紹介されて反響が出て考えが変わりました。がんに関する本はいろいろありますが、発見と治療だけが書いてあって、病室で何を考えていたかなどの「途中」がないんですね。今回の原稿を読んで、みな不安感を持つ「途中」があった。「あぁ、同じなんだ」と思いました。抗がん剤治療が終わるころ、がん体験者が見舞いに来てくれました。そして「しっかり食べなさいよ」と言ってくれたのが、生還者の声として力になりました。私たちは医療の専門家ではないんで、あれこれ指示はできません。私の体験記を読んで何か考えてもらえたらいいですね。

大島　書いているときに、どのようなことを考えていましたか。

堀越　病院では同室かどうかに限らず、同じフロアの人たちとすっかり仲良くなりましたが、その後、再発したり亡くなってしまう人も多く、それらの「病友」のために書きたいと思いました。私は父を早く亡くしていて、父の享年に近づくにつれて「父のためにも」と思うようになりました。書き進むにつれて父を思い出し、夜中じゅう泣きました。父は「チクショウ」とひとこと言って亡くなったんです。本になることで父が生きた証になるし、子供代わりにかわいがった亡犬の名も残せると思いながら書きました。新たに母や姉のことも書きたくなりました。姉は目標を持つことの大切さを教えてくれました。姉は私のために10年間、酒断ちをしてくれているんです。「今から6年後に祝杯を挙げたいね」と言ってくれています。

須永　私は妻への感謝を書き忘れました（笑）。がんを宣告されたとき、「妻は主治医と今後の予定などを冷静に打ち合わせしていました」と書いたのですが、本人から「冗談でないよ」と怒られました。「紙幅が足りないんだ」と言い訳しましたが、続編の時には感謝の言葉をキチンと書きます。

木村　がんと分かったとき、僕は人生の土俵際にいました。若年性認知症になった妻の介護や息子の急死など不幸の連続で娘も精神的に不安定になっていたところに自分のがんです。「このまま自分が死んだら家族はどうなるのか」と不安に包まれました。何とか治したいと医師に相談して、化学療法でがんを小さくしてからの手術を勧められました。了承しましたが、抗がん剤は思ったより副作用がきつく大変でした。その時、支えてくれたのが病室仲間でした。同じ病気の人たちでも病室によって雰囲気が違うんです。私の部屋はオープンで、リーダー格の人に支えられました。患者仲間の情報と人のつながりの大切さを感じました。これからどう生きていくか、今回の体験記を書くことで方向と目的がつかめた思いです。ぜひ多くの方に読んでほしいですね。

安住　執筆に3カ月かかりました。何度も読み返しましたが、まとめるのが難しかった。メモはつけていても、そこから選び出すのが大変でした。同じ抗がん剤治療といっても、患者さんごとに状況とか気持ちが違うので安易に書けません。もっと明るいタッチで書きたかったんですけれどね。自分で最初に考えたのより真面目路線になってしまいました。それから20年前、食道がんで亡くなった父のことをずっと思っていました。と同時に父の時代と比べものにならないほどの医療の進歩を実感しました。母や姉が終始前向きに接してくれたこともきちんと書きたかったです。感謝はしているのですが、日常に戻るとついありがたさを忘れがちで、これからは言葉やさしく接したいと思いました(苦笑)。

木村　家系にがんにかかった人はいないし、健康面でも50年以上何もなかったので検査もよく受けませんでした。たまたま札幌市の大腸がん検診で発見されました。抗がん剤治療中に週刊誌で、自分が受けている治療が紹介された記事を読みました。「数年後には治療の中心になる」と書かれていて医療の進歩に驚きました。早期発見、早期治療すれば治る病気と分かって相当に安心しました。患者もしっかりとしたがんの知識を持つのは大事ですね。確信をもって治療に臨むことができました。いろいろなことを気づかされました。

須永　インターネットで調べているうちに深みにはまって、すっかりネガティブ思考に陥りました。医師に相談したら「確証のない話を信用しないでください」と言われました。

木村　そうですね。先生との対話や患者同士の話が良かったですね。

本書で伝えたいこと

大島　誰でもがんになる時代です。そんな中、今回の出版の意義はどうお考えですか。

須永　この本を読むと「隣にいる普通の人がなるんだ」と思ってくれるでしょう。テレビや新聞でもいろいろ紹介されたので、近所の話題になってくれるといいな、関心を持ってくれたらと思います。

木村　確かに周りで、がんの体験者は多くなっています。ただ、そのことを積極的に知らせるところまではいってませんね。

大島　がんに対するネガティブなイメージがまだあるのですね。

堀越　がんと分かったとき、職場でがん体験者の先輩に相談したんです。その方は職場には「親の介護で休む」と言っていたそうです。「女性が多い職場だから言わない方がいいよ」とも忠告されました。ただ、私は抗がん剤治療で外見も変わっていくし、公表することで必ずまた元気に復帰するという目標を持つためにも正直に言いました。後から聞いてみると、職場にがんを体験した方が結構いることが分かりました。髪はなくなってもまた生えてくるから大丈夫！と伝えることができたと思います。

大島　安住さんはクラウドファンディング（ネット募金）の呼び掛け文で、がん患者の生きる姿が、がんに対する偏見を変えるんだと訴えましたが、どのような思いだったのですか。

安住　前の前の職場で、同年代の同僚が夏休みにがんの手術を受けたんですが、直属の上司以外には伏せていたんです。「余計な心配をさせたくない」と言っていました。私はその選択を尊重したい一方で、彼女が何ごともないように仕事をしている様子にモヤモヤしていました。がん体験をオープンにしてもらった方が、もっと自然な形でフォローできたのではないかと思うんです。がんの手術からそれだけ早く復帰できた彼女を見て、私のがんに対するイメージが変わりましたし、それを部署の他の仲間とも共有したかったんです。私は自分のがん体験を公にした後、明確な差別や偏見に基づく嫌な思いこそしていませんが、婦人科系の病気についての話などはなかなか表に出てこないと感じています。私も「大丈夫です」と言ってしまう傾向があるんですが、がんを体験して初めて知ったことを周りに伝えていくのは自分の役目かもしれないと思うようになりました。もっと助け合うというか、持ちつ持たれつの関係があってもいいと思いました。けがの後遺症で体が不自由だったら人は助け合いますよね。それと同じように支え合う社会になればいいと思います。

大島　そうですね。今回の本は確かに体験記なのですが、「がんを超えて」というか人間社会の普遍的なメッセージが詰まっていますね。「生きる」ことについて行間からそうした思いが伝わってくる本になりました。

木村　須永さんが言ったとおり、このような体験記はそうそうないんです。だいたいは有名人が書いたもので、その人自身の体験なのでどうしても限られた内容になってくる。その点、この本ではいろいろな人が書いていますから、がんの種別や、がんとの向き合い方も違う。たくさんの人の実例がひとつにまとまった意義は大きいことをあらためて感じました。

須永　そうですね、病院での「がん友」の話は参考になりました。「ネガティブにならなくても生きることができますよ」ということが伝わってほしいですね。寄稿された方の文章を通読したら、最大公約数というのか、感じるものがありました。大上段に言わないのが、この本のいいところだと思いました。

大島　須永さん、編集会議で「元気な人の話ばかりじゃいけないのでは」と言っておられましたね。

須永　自費出版本を出したとき、執筆を誘った友人が固辞したまま亡くなりました。遺影を見ながら「彼は何を残したかったのかな、書いてくれたらよかったのに」とくやしくなりました。あの時、話を聞いてあげたらと残念に思っています。別の友人も、電話でいろいろ話してほとんどまとまっていたのに結局固辞されました。亡くなる3カ月前に同窓会で会ったとき「ポジティブに考えれば治るぞ」と励まされました。彼も心の中では書きたかったのかもしれませんね。

堀越　私も2回目の抗がん剤治療の後、落ち込んだ時期がありました。副作用のつらさや再発への恐怖に苛《さいな》まれました。あのときは自暴自棄になり、他のがん闘病記、それも元気いっぱいの情報に接するのがつらかったです。そんなときは、今回の本のような「普通の人」の話で癒されるのではないでしょうか。

須永　病棟ごとに談話室があるんですが、積丹《しゃこたん》町と礼文《れぶん》町から入院している人がいて、積丹半島と礼文島、どちらのウニがうまいか、となってウニを取り寄せて食べ比べをしました。

木村　離島から来ている人も多かったですね。自宅から遠く離れて大変そうでした。北海道の過疎問題を考えさせられました。

須永　ぜひ続編にそうした人たちにも書いてほしいですね。

木村　私は同時期に入院した仲間たちと「友の会」を作りました。いろいろなつながりができました。

須永　仲間で「オレは不死身なんだ」という人もいました。抗がん剤を脊髄から入れて、本当は痛いはずなのに痛くない、というんですね。

大島　治療そのものは標準的なんですが、それを体験する側は人によってさまざまなんですね。

木村　精神面でも個人差がありますね。

大島　がんへの向き合い方の幅広さも本書から感じてほしいですね。

安住　先日、東京で患者中心の医療を考える学会があり参加してきました。全国の患者会の方、支援者と話して「先を行っているんだな」とビックリしました。がんを公表するかしないかという段階はとっくに過ぎていたんです。そうした考えが広がるために、体験者の声が力になること、私たちが自ら声を挙げる重要性を感じました。この本の刊行を機に、全国のがん患者さんに対して北海道からのエールを伝えていきたいですね。北海道は治療する場所として最高です。

堀越　東京に長く住んでいた安住さんが北海道で治療しようと思ってくれたことに感激しました。

安住　なぜか自然にそう考えるようになりました。人間らしく生きるのなら北海道だよと思います。そのあたりもいずれ書いてみたいですね。

木村　出版した後、執筆者同士が交流するなど社会に広がる活動を行えるといいですね。

須永　いいですね。みんなで温泉に入ってゆっくり語り合うとか……。

大島　全国から、多くのがん患者さんが北海道に集まることができたらいいですね。夢が広がったところで座談会を閉じることができ何よりです。本日はありがとうございました。

（２０１７年２月３日、北星学園大学にて。記録・構成＝鈴木隆司）

体験の力、語りの力、言葉の力――あとがきに代えて

本書出版の発端になったのは、特定非営利活動法人キャンサーサポート北海道が２０１５年に始めた「がんの語り手養成講座」です。がん患者・体験者が自分の体験を整理し、文章にまとめ、言葉として語ることを学ぶための講座です。札幌だけでなく、旭川や函館、帯広でも開催され、２０１６年度末現在で養成講座の卒業生は40名以上になりました。自分の体験を学校や企業、病院、がんのイベントなどで語り、がん患者が置かれている状況や今の思いを自分の言葉で伝えることができるがん患者たちが大勢誕生したのです。

がんの語り手養成講座では最後に、受講生たち自らが書いたがんの体験記を発表し合います。発表会では、がんと診断され、治療を開始し、さまざまな苦しみを経て現在に至るまでの過程と、その中で自分が何をどのように感じたのか、周囲の人々との関係や生活がどのように変わったのかが、社会の中で生きる人の視点から率直に語られます。自分自身の体験を発表するだけでなく、一つとして同じ体験がない他のがん体験者の話を聴くことで、受講生たちはがん

の体験を糧として生きる姿勢を得ていきます。発表会は毎回、共感と感動に満たされています。

がんの語り手養成講座が始まった頃から、「他の卒業生の体験談も読んでみたい」「もっと多くの人に知ってもらいたい」との声が受講生からあがっていました。2016年の春、講座の卒業生である須永俊明さんから、「体験記を集めた本の出版を」という提案を頂きました。さっそく講座の運営スタッフたちと相談し、企画を詰めていきました。そして旧知の編集者で、ご自身もがんの体験者である寿郎社の土肥寿郎さんの協力を仰ぐことができ、出版プロジェクトが立ち上がりました。

講座に関わってきた有志で出版プロジェクトチームを作り、執筆者の募集、出版費用をまかなうためのクラウドファンディング、協賛や寄付の依頼、マスコミへの働きかけ、インターネットでの広報、新聞社やテレビの取材と、一つ一つ課題を乗り越え、他の執筆者とともに本の出版に向けて歩みを進めることができました。

編集作業には、北海道新聞のベテラン記者だった宇佐美暢子さん、鈴木隆司さんが協力してくれることになりました。お二人ともがん体験者であり、プロと体験者の両方の目で原稿を見ていただくことができました。

＊

本書に収録したのは、北海道で暮らし、主に北海道で治療を受けたがん患者の皆さんの体験記28編です。

それぞれの「文章」には、一部を除き、「がんの語り手養成講座」で培われた「語り」がベースとしてあります。その一つ一つの「語り」は、その人の固有の体験であり、二つとして同じものはありません。また、「語り」の中で語られる「がん」は、生物医学が取り扱う「疾患（disease）」ではなく、その人が主観的に体験した「病い（illness）」として記述されています。同じ疾患であってもその人がどのようにそれを体験するのか、その体験をどのように記憶し、現在から見てどのように意味付けるのかは、人により異なります。同じ人の同じ体験であっても、時間が経つことで体験に異なる意味が与えられることも珍しくありません。その意味で、本書の記述は医療のガイドブックや治療のガイドラインとは本質的に異なるものです。

しかし、そのことは、ここに収録された体験記の価値を損なうものではありません。むしろ生物医学の記述ではそぎ落とされている生身の体験が一人称の言葉で描かれ、圧倒的なリアリティを持って読む者に働きかけてくるのです。ここで展開されているのは、医療の対象となる「患者」ではなく、病いを経験する「人」の物語です。「病む人は、病いを物語へと転じることによって、運命を経験へと変換する」（アーサー・フランク、2002、『傷ついた物語の語り手』、鈴木智之訳、ゆみる出版)。私たちは、「語る」という行為そのものが持つ能動性から生きる力を感じ取るのです。本書を読まれる方々にそのことを感じていただけたら編者として大変嬉しく思います。

＊

本書の出版にあたっては、櫻木範明、大島米子、須永正志、大居智子、我妻千鶴、佐藤知子、原田直美、玉木司、鴨澤あかね、松本裕子、佐藤三佳、安住千恵子、富塚祐子、小林博の各氏並びにJR生鮮市場をはじめとする多くの個人・企業・団体から温かいご支援を頂きました。ここに感謝の意を表し、厚く御礼申し上げます。

2017年4月

大島寿美子

キャンサーサポート北海道

本書出版の発端となった「がんの語り手養成講座」を行っている「キャンサーサポート北海道」は、北海道でがんに関する支援や啓発、教育や研究を広く行う特定非営利活動法人です。

がんに関する「エンパワメント」と「ソーシャルキャピタル」の実現をミッションに、同じ体験をした人と出会いたい、がんに関わる経験を活かしたい、情報がほしい、学びたい……。そんな願いを実現するためさまざまな活動をしています。

さらにキャンサーサポート北海道のスタッフが活動を通じて目指すのは、自らが成長し、グループに貢献することで個人とグループの発達を実現すること。互いに異なる背景や価値観を持ったメンバーひとりひとりが「自分も人も大切に」しながら活動に参加する新しい形のボランティア団体です。

特定非営利活動法人キャンサーサポート北海道
〒004-8631 札幌市厚別区大谷地西2-3-1
北星学園大学 大島研究室

Email
info@cancersupport.jp（代表）
publishing@cancersupport.jp（がん体験記出版プロジェクト）

ウェブサイト
http://www.cancersupport.jp

facebook
https://www.facebook.com/cancersupporthokkaido

大島寿美子（おおしま・すみこ）
1964年東京生まれ。千葉大学大学院理学研究科修了。北海道大学医学研究科修了（医学博士）。共同通信、ジャパンタイムズ記者を経て、現在、北星学園大学文学部心理・応用コミュニケーション学科教授。NPO法人キャンサーサポート北海道理事長。
著書に『子宮がん・卵巣がんと告げられたとき』（共著、岩波書店、2003年）、『アスベスト禍はなぜ広がったのか——日本の石綿産業の歴史と国の関与』（共著、日本評論社、2009年）、『がんサロン　ピア・サポート実践ガイド』（共著、みんなのことば舎、2014年）など。

がん体験記出版プロジェクト
編集委員
宇佐美暢子
鈴木隆司

北海道《ほっかいどう》でがんとともに生《い》きる

発　行　2017年（平成29年）5月10日　初版第1刷
　　　　2017年（平成29年）6月1日　初版第2刷
編　者　大島寿美子
発行者　土肥寿郎
発行所　有限会社 寿郎社
〒060-0807 札幌市北区北7条西2丁目37山京ビル
電話011-708-8565　FAX 011-708-8566
e-mail doi@jurousha.com
URL http://www.jurousha.com/
郵便振替　02730-3-10602
印刷・製本　藤田印刷株式会社

落丁・乱丁はお取り替えいたします　ISBN978-4-902269-96-3　C0077